Amor e Sabor

Luisa Cisterna

Independente

Capa: Marco Mancen Design

Revisão: Ana Carolina Lima, Patrícia Borges e Michelle Macedo

CONTEÚDO

CAPÍTULO I

I magens de filmes saltavam das telas de cinema, encantando os espectadores. Os filmes de fim de ano, com fazendas perfeitas e personagens sem um único fio de cabelo fora do lugar cabiam só no âmbito da fantasia cinematográfica. As mesmas imagens, se transportadas para a realidade, não atrairiam um único olhar curioso. Apesar do cenário bucólico, o trabalho que acontecia entre as fileiras de pessegueiros era destituído de glamour. Manoela segurou com firmeza o volante sempre frouxo do tratorzinho, que um dia foi amarelo e agora estava salpicado de ferrugem. Aquela não era uma cena de cinema. O suor que escorria pelo pescoço e costas da mulher ia sendo absorvido pela camiseta verde e o short jeans e era de verdade. Nada de charme, apenas a rotina dos pequenos produtores de hortifrúti no auge do verão no Vale do Okanagan no Canadá.

Pisando no freio, Manoela girou o volante teimoso, acelerando novamente. A geringonça enferrujada sacolejou, ameaçando partir ao meio, e entrou na próxima fileira de pessegueiros. No meio do longo corredor de árvores baixas carregadas de frutas rosadas, Manoela parou e desceu do tratorzinho. Ela tirou uma bandana vermelha do bolso do short enxugou a testa. O cabelo louro, preso em um rabo de cavalo, estava úmido de suor. O que ela não daria por um pulo no Lago Okanagan com o frescor e as águas límpidas? *Vai sonhando*, ela pensou. O trabalho no pomar da família Marques era contínuo na primavera, no verão e no outono. No inverno, o ritmo diminuía, assim como as entradas no livro contábil. E o lago ficava impraticável, com crostas de gelo, espantando os frequentadores da orla.

Volte à realidade, Manoela se repreendeu. As horas debaixo do sol escaldante daquela região árida pagavam suas contas. Era como sustentava seu filho Lucas desde que o pai do menino abandonou a família para uma maratona de saltos de cama em cama das mulheres da região. O casamento de Manoela se arrastou por cinco anos até que ela deu um basta na farra do ex, que ela evitava pronunciar o nome por lhe dar uma sensação de ter comido jiló verde cru. A farra não acabou. O casamento, sim. Com um filho para criar, ela assumiu a administração do Pomar Marques, visto que seus pais estavam cansados, e a saúde não cooperava muito. Aos trinta e seis anos, Manoela vivia para o trabalho e o filho. Os únicos homens que mereciam sua confiança eram seu pai e seu irmão, Diogo. O jeito tranquilo e a beleza suave de Manoela encantavam os homens, mas ela construíra uma barreira em torno de si para não sofrer desapontamento amoroso. De qualquer forma, sua vida corrida não lhe permitia distrações. Era mais simples assim.

"Vai colocar mais frutas nesta caixa?" Manoela gritou para o rapaz que vinha ao seu encontro com uma cesta cheia de pêssegos presa em seus ombros como uma mochila.

Chegando perto, ele despejou os frutos da terra em uma enorme caixa abarrotada das frutas aveludadas. "Não. Vou usar a caixa lá da outra ponta agora." Jorge tirou as alças do cesto dos ombros.

"Vou levar essa para o depósito, então." Tomando o volante do tratorzinho, ela fez uma manobra, acionou o garfo frontal do veículo e levantou a caixa. Minutos depois, ela chegava ao depósito com as palavras Pomar Marques pintadas na lateral. Um funcionário correu até o tratorzinho.

"Manoela, o Sr. Marques está atrás de você." O homem de sotaque espanhol tomou o volante quando a patroa desceu do trator.

"Por que ele não me ligou?" Ela tirou o celular do bolso do short. Descarregado. "Deixe para lá. Ligo já."

Manoela correu até o escritório ao lado do galpão e pegou o telefone da escrivaninha. Digitou o número da casa dos pais, seu coração acelerando. Esperava não ser uma emergência com Lucas. Pelo horário, seu filho adolescente ainda estaria na excursão de verão do Centro Comunitário a algum dos vinhedos da região.

"Pai, aconteceu alguma coisa?" Manoela soltou um leve suspiro quando o pai lhe disse que um cliente insistia em falar com ela. *Menos mal.* Ela sabia tratar com clientes exigentes. O Pomar Marques era um dos produtores locais mais procurados pelos restaurantes e hotéis do Vale do

Okanagan. Manoela sabia de cor o número do cliente em questão. "Pode deixar. Ligo já." Ela despediu-se do pai e desligou.

A movimentação dentro do galpão, com vários funcionários temporários que davam conta da demanda do trabalho de verão, avisava Manoela que ela não tinha tempo a perder. Digitou o número do Vinhedo Ricci. Signor Ricci, como insistia em ser chamado, era exigente, mas razoável. Era seu maior cliente. Sem ele, as contas não fechariam.

A breve conversa com Signor Ricci, porém, tomou um curso inesperado. Manoela desligou o telefone e enxugou as mãos suadas na camiseta. Não era só pelo calor abafado do pequeno escritório que as mãos ficaram frias. Que pedido era aquele do homem? Manoela puxou a agenda de papel de dentro da gaveta e virou as páginas com força. Aquela era a agenda do pai, que resistia ao apelo das agendas digitais. Correndo o dedo indicador pelas anotações do mês de agosto, Manoela balançou a cabeça, o rabo de cavalo curto e ondulado batendo em seu rosto. Onde estava a anotação do tal casamento em duas semanas que o Signor Ricci mencionara? Manoela não se lembrava desse evento. Mesmo com o celular descarregado, ela sabia que não havia tal anotação. Era possível que seu pai tivesse tratado com o dono do vinhedo e se esquecido de marcar na agenda? O melhor era conferir em seu *laptop* em casa.

Correndo pelo pátio em frente ao depósito, Manoela desviou-se de um caminhão que entrava no pátio do pomar e chegou ao jipe. Abriu a porta e pulou no assento. Deu ré, as britas do chão voando em todas as direções, e logo tomou a estrada de asfalto que a levaria para casa. Dez minutos depois, ela entrou em um caminho de terra protegido por árvores. Avistou seu filho na varanda, acenando com urgência. *O que é agora? Mais problema?* Manoela freou bruscamente ao lado da casa e saltou do carro.

"Mãe, mãe, adivinha." Lucas correu ao seu encontro, o sorriso no rosto sardento derreteu o coração de Manoela como sorvete sob o sol quente.

Lucas já era um adolescente com todas as características. A voz grossa ainda não era firme, os braços e pernas pareciam ter metros e metros de comprimento, mas a inocência permanecia nas palavras e ações. O rapaz passou o braço musculoso pelo ombro da mãe. Alguém os vendo de costas os confundiriam como irmão mais velho e irmã mais nova.

Manoela tentou acalmar seu coração apertado com o mal-entendido da festa de casamento no Vinhedo Ricci e desacelerou os passos. "O que foi?"

Mãe e filho entraram na pequena, mas adorável casa branca de telhas vermelhas com uma varanda fresca cercada de árvores.

"Quero ser *chef*." Lucas tirou o tênis e o deixou em uma prateleira debaixo da janela.

Manoela abriu a porta, que raramente ficava trancada. Com a atenção dividida entre a novidade do filho e o mistério da agenda, ela pegou o *laptop* de uma estante branca cheia de livros e vasinhos de suculentas. Ela se sentou na beira do sofá xadrez azul claro e abriu o computador. "Quer ser *chef*?" Ela esperou a tela reviver, os dedos prontos para atacar o teclado. "Por quê?"

Lucas sentou-se no tapete de cordas brancas de frente para a mãe. "Fomos a vários restaurantes dos vinhedos. Mãe, os *chefs* são demais."

A tela do *laptop* acendeu, e Manoela digitou algumas coisas no teclado. *Agenda, agenda, agenda*, ela pensou. A agenda apareceu na tela. *Nada!* Não havia qualquer anotação de casamento no mês de agosto, nem nos meses de outono.

"Então, mãe, posso ser *chef*?"

O suor voltou a escorrer pelo pescoço de Manoela apesar da brisa que entrava pelas janelas escancaradas. A agenda sem a devida anotação do casamento indicava um grande problema. No entanto, Lucas vinha em primeiro lugar.

O amor pulsou no coração de Manoela. Deus tinha sido muito bom com ela por ter protegido o coração de Lucas no divórcio doloroso, como todos os divórcios, ainda mais quando o pai não dava a mínima para o filho. Manoela agradeceu mentalmente a Deus por ter providenciado Diogo, seu irmão, como figura paterna para Lucas. Mas agora, com apenas um ano de casado com Isadora, Diogo tinha outras prioridades. Isadora era uma tia maravilhosa. Lucas se apegou a ela na primeira vez em que ela visitou a família Marques. A vida, porém, mudava de curso, e Diogo e Isadora tinham um negócio de reforma de casas que os mantinha ocupados.

"*Chef*, hein?"

"Mãe, pare de repetir a pergunta. Posso ou não?" Lucas se levantou.

"Vamos conversar depois. Agora tenho que resolver um problema do pomar." Manoela fechou o *laptop*. Colocou o celular para carregar. Precisava de um banho antes de correr até o Vinhedo Ricci. Esse tipo de conversa precisava ser pessoalmente.

Os ombros de Lucas caíram. "Tá bom. Posso então ir para a casa do vovô? A vovó vai fazer broa. Quero ajudar."

"Pode. Cuidado na estrada. Trocou a corrente da bicicleta?" Manoela arrancou o elástico do rabo de cavalo e correu os dedos pelo cabelo à altura do ombro.

"Troquei. E pode deixar; tomo cuidado." Lucas saiu e bateu a porta.

Chef. Que ideia era aquela? O rapaz mal fritava um ovo em casa. Preferia comer na casa dos avós portugueses, onde a mesa era sempre farta.

Depois de um rápido banho frio, Manoela colocou um vestido fresco, mas de um estilo profissional, calçou a sandália de saltinho e saiu, esperando que a pouca bateria do celular durasse até chegar ao vinhedo.

Na estrada com quilômetros de pomares e vinhedos que corriam dos dois lados, Manoela ensaiou o que diria ao Signor Ricci. Ela e a família não podiam se dar ao luxo de perder um contrato grande desses com o vinhedo. Com a saúde do pai sempre frágil, Manoela tinha que dar conta de quase tudo sozinha. Os meses de inverno eram um desafio. O dinheiro desaparecia como os frutos das árvores. Era na época da colheita que a conta bancária acumulava a renda que seria consumida nos dias frios, como um urso que ganhava gordura para hibernar.

Depois de meia hora no asfalto quente, driblando o trânsito congestionado de turistas no centro de Kelowna, Manoela entrou na propriedade do Signor Ricci. A placa de madeira entalhada com o nome do vinhedo era sustentada por dois grandes tonéis de vinho. Na subida que cortava um mar de vinhas, Manoela diminuiu a velocidade. A enorme construção ocre que lembrava as vilas italianas exibia-se orgulhosa no topo da colina. O movimento no estacionamento era típico de verão com a invasão de visitantes. Manoela achou uma vaga nos fundos da sede do vinhedo e desceu do jipe. Um grupo de mulheres de meia-idade, certamente curtindo um *tour* pelos vinhedos do Okanagan, pediu à Manoela que tirasse uma foto com o celular de uma delas. Estampando seu sorriso de quem estava acostumada a lidar com o público, Manoela bateu várias fotos. As mulheres agradeceram, e ela subiu os degraus avermelhados em direção à porta dupla de vidro.

Dentro do casarão de piso de madeira rústica, que ostentava sofisticação, Manoela foi assaltada pelo ar gelado do ar-condicionado. No longo balcão, clientes provavam vinho e beliscavam queijos e frios de uma tábua decorada como as tábuas de frios das maravilhosas *salumerias* da Itália.

Manoela aproximou-se de uma das atendentes e perguntou pelo Signor Ricci. A sorridente jovem de uniforme preto e branco apontou para um corredor. Manoela, que era conhecida dos funcionários, entrou no corredor fresco e bateu na primeira porta. Uma voz desconhecida disse para ela entrar.

Um homem alto de cabelo encaracolado e um nariz pontudo nitidamente italiano levantou-se da cadeira de couro e circundou a mesa de cedro encerado. O sorriso branco saltou na pele oliva. Ele estendeu a mão de dedos longos. "Boa tarde. Enzo. Como posso ajudar?"

Quem seria o Dom Juan? Manoela apertou com firmeza a mão do homem. "Vim conversar com o Signor Ricci. Sou Manoela do Pomar Marques."

Ele fez um gesto para ela se sentar na poltrona marrom de couro. Manoela ajeitou o vestido justo com estampa de flores. O homem encostou-se na mesa, e ela teve que levantar a cabeça para olhar para ele.

"Você é quem vai fornecer os produtos de hortifrúti para o casamento, correto?"

Por que Manoela tinha a sensação de ter acordado de um coma e nada daquilo fazia sentido? Estava sofrendo de amnésia? "Acho que há um engano. Não tenho qualquer anotação sobre esse evento." Ela não gostou de como o semblante do Dom Juan mudou.

Ele contornou a mesa, sentou-se na cadeira e abriu o *laptop*. "Mas nós temos uma anotação aqui. Pomar Marques, certo?"

"Certo. Quero dizer, o nome, não o evento." A garganta de Manoela secou.

"Se sua empresa não pode fornecer os produtos, temos um grande problema." A voz dele era grave.

A situação era grave.

Os números das dívidas que a família tinha que saldar surgiram em sua mente como em uma tela de cinema. Eles dançavam em uma coreografia sinistra, crescendo de tamanho e valor.

E aquele não era um filme. Era a realidade da família Marques.

CAPÍTULO 2

"Gostaria de falar com o Signor Ricci, por favor." Manoela levantou-se. O frio do ar-condicionado gelou sua pele. O coração virara uma pedra de gelo. Que história era aquela tão surreal? Por que não tinha a anotação do evento do casamento no Vinhedo Ricci?

O homem de cabelo encaracolado deu um meio sorriso. "Sou o Signor Ricci."

Manoela soltou um riso que era mais um engasgo. *Tá bom!* O Signor Ricci, o cliente de longa data do Pomar Marques, aquele de porte atarracado, tinha se transformado no Dom Juan de camisa branca de doer os olhos, sentado do outro lado da mesa? A informação parecia mesmo comprovar que Manoela estivera em coma e acordara em outra realidade. "Qual é a brincadeira?"

O meio sorriso virou um sorriso inteiro. "Sou o Signor Ricci, o filho, mais conhecido como Enzo."

Pelo menos a condição mental de Manoela não era tão dramática como imaginou. Filho do Signor Ricci? Por que ela não o conhecia? Era verdade que o falante senhor italiano contava todo tipo de história de família. Mas era tanta gente, tanto nome e tanto caso, que Manoela não se recordava dos detalhes da ampla árvore genealógica dos Ricci, que se estendia por gerações e gerações na região do Vêneto.

"Cheguei há duas semanas para administrar o vinhedo."

Duas semanas? Exatamente na última vez que Manoela visitara o lugar. "E onde está seu pai?"

"Fazendo as malas." O homem recostou-se na cadeira de couro, os dedos entrelaçados. Ele parecia se divertir com o diálogo.

O Dom Juan está querendo tirar onda comigo? "Malas? Vai tirar férias no verão? Ele sempre foge para a Itália no inverno."

Enzo ajeitou a gola da camisa impecavelmente engomada. "Assuntos de família. Sabe como são as famílias italianas. Muitas vezes precisamos fugir de um perigo iminente."

Um *flash* de uma cena de filme da Máfia cortou a mente de Manoela. O homem à sua frente tinha os olhos escuros, difíceis de decifrar. "Perigo?" O Signor Ricci era um homem bondoso. Por que estaria fugindo?

Enzo soltou uma sonora risada. "Vejo que leva as coisas muito a sério."

Todo o calor do Vale do Okanagan foi absorvido pelo corpo de Manoela. O que ela não daria por uma metralhadora naquele momento? "Esse é um assunto sério. Não brinco em serviço." *O Dom Juan que interprete minhas palavras do jeito que quiser.*

"Sinto muito. Meu pai tem, de fato, uma questão familiar para resolver." Enzo desfez o semblante brincalhão.

"Ele vai, mas o problema fica." Manoela sentou-se na beira da cadeira e apertou a bolsinha de couro em cima do colo.

"Desse modo, precisamos arrumar uma saída."

Preparar os produtos para uma festa de casamento exigiria mais mão de obra. Manoela não teria tempo a perder. Àquela altura do verão, seria difícil encontrar trabalhadores. O pomar produzia o suficiente para atender aos pedidos de última hora, contanto que tivesse pessoal para colher os produtos. A cabeça de Manoela girava, pensando em como resolveria esse problema. Seus funcionários já estavam fazendo horas extras. Ela própria trabalhava de sol a sol, o que no Vale significava de cinco da manhã às oito da noite. Aquela hora gasta no confortável escritório do Signor Ricci seria jogada para o fim do expediente de Manoela, e ela voltaria para seu tratorzinho bambo.

"Gostaria de saber mais informações sobre o evento: número de convidados, cardápio e coisas assim," ela disse, apertando as mãos em punho, as unhas, provavelmente sujas de terra, encravando-se nas palmas suadas.

Enzo pegou uma caneta dourada da mesa e a batucou no tampo. "Aí que está a questão. Não tenho essas informações."

Manoela lançou um olhar de incredulidade para Enzo. Por que então ele estava sentado atrás da escrivaninha como se fosse o dono do mundo? "Como acha que vou preparar as entregas sem informação?"

Naquele momento, a porta se abriu, e Manoela olhou para trás. Sentiu o ímpeto de correr para o senhor troncudo que entrou. De um pulo, ela se colocou ao lado do homem.

"*Cara mia*!" Signor Ricci engoliu Manoela com um abraço e lhe beijou as bochechas com estalos exagerados. O senhor usava o termo carinhoso com todas as mulheres, deixando sua esposa, Donatella, sempre de nariz torcido.

O homem mais velho trouxe Manoela à realidade. Nada estaria perdido no que dependesse do Signor Ricci, conhecido por sua sensatez e cordialidade.

"Signor Ricci, vim esclarecer o mal-entendido. Não marcamos nenhuma festa de casamento." Manoela entrelaçou os dedos e tentou acalmar sua agitação.

"*Ma che*! Claro que marcamos. Na verdade, mandei um e-mail para você há meses." O homem levantou os braços como se conduzisse uma orquestra.

Manoela tirou o celular da bolsinha. "Quando foi isso?"

Signor Ricci não titubeou. "Em janeiro."

Manoela balançava a cabeça, conforme checava as mensagens. "Não tenho nada na minha caixa de entrada nem na lixeira."

Signor Ricci levantou a mão fechada, as pontas dos dedos se tocando, balançando-a no ar, no típico gesto italiano. "*Impossibile*!" Ele amava soltar suas expressões italianas para maior efeito dramático. "Tenho certeza." Fazendo um gesto para o filho, que assistia de braços cruzados ao embate, Signor Ricci tomou o lugar na cadeira de couro e puxou o *laptop* da gaveta. "*Mamma mia*, nem me fale isso." Ele digitou algumas coisas no computador depois levou as mãos ao ar. "Ah, não enviei mesmo. A mensagem está na caixa de rascunhos. Que desgraça."

Enzo olhou para a tela por cima do ombro do pai. "E o que faremos?"

"Eu sei o que vou fazer: minhas malas. Estou indo para Verona com Donatella amanhã. Vocês dois jovens que resolvam o problema." Ele deu mais dois beijos estalados em Manoela. "*Cara*, confio em você. O Pomar Marques nunca nos deixou na mão." O homem saiu da sala como entrou: de forma triunfal.

Quando o senhor fechou a porta, Manoela deu um pulo como se precisasse escapar de um tiro. O que faria? Ela se virou para Enzo. O sorriso tinha dado lugar à testa franzida.

"Temos que resolver isso com urgência, senão vou precisar contratar outra empresa para fornecer os produtos." Ele proferiu a sentença.

Aquelas palavras ativaram o sistema de alerta de Manoela. Com uma coisa ela concordava: tinha que resolver a questão com urgência. Contratar outra empresa era declarar a falência do Pomar Marques, que murcharia no inverno como um pé de alface exposto ao frio. A boa reputação do pomar corria o Vale do Okanagan, em grande parte, por causa da satisfação do Signor Ricci com os produtos e os serviços que Manoela e sua família prestavam ao grande vinhedo. Perder um cliente como aquele era mandar uma mensagem aos outros vinhedos que os Marques não administravam bem os negócios.

Manoela sentou-se de volta na poltrona, o desânimo tomando conta dela. Sua pose, no entanto, era de quem estava no controle. Ela cruzou as pernas e ajeitou o vestido. "Vamos resolver." O tom firme era o oposto da sua condição de desespero. Não entregaria de mão beijada um contrato importante desse a outro fornecedor. Nem que ela tivesse que trabalhar de madrugada e colher as frutas e legumes sozinha.

CAPÍTULO 3

"Duzentos convidados." Enzo olhou para Manoela por cima da tampa do *laptop*.

Um número alto, ela pensou. "Quantos pratos serviriam e qual o cardápio?" Ela puxou a cadeira de couro para perto da escrivaninha e fez uma breve anotação no celular que mostrava nove porcento de bateria.

Enzo olhou para a tela. "Pelas anotações do meu pai, um bufê de entradas e três pratos, mais a sobremesa."

Como é de se esperar do Signor Ricci. "Quanto calcula de legumes, verduras e frutas?"

Digitando, ele olhou para Manoela. "Vou fazer um cálculo e lhe envio."

Manoela esperava que Zia Gemma cooperasse, fazendo muita massa fresca. O problema era que a cozinheira principal do restaurante do vinhedo, tia distante do Signor Ricci, utilizava grandes carregamentos de produtos frescos do Pomar Marques. A baixinha de idade avançada era imbatível na cozinha. Nenhum *chef* parava no cargo porque a mulher ranzinza era osso duro de roer. Qualquer desvio das receitas tradicionais da terra natal provocava a ira de Zia Gemma, que fazia discursos intermináveis sobre a origem dos pratos. Um pé de alface murcho era devolvido ao Pomar Marques com um bilhete: folhas imprestáveis. Zia Gemma já tinha virado motivo de piada entre os Marques e seus funcionários. Lucas dizia que a mulher atacava os que a irritavam com um rolo de abrir massa de pão. Estereótipos à parte, Manoela respeitava o trabalho da mulher, que tinha o dom de transformar água e farinha em obras de arte da culinária italiana: *fusilli, trofie, strozzapreti, caserecce, gemelli, rotini, conchiglie* e outros nomes que Manoela aprendera com o passar dos anos. E quanto mais massa ela fizesse, menos produtos frescos seriam necessários.

Enzo apertou com força uma tecla do *laptop*. "Enviei o cardápio para seu e-mail."

Manoela abriu a mensagem no celular, mas a bateria arriou ao tentar abrir o anexo com o cardápio e as quantidades. "Vou conferir a lista quando chegar em casa. Depois, entro em contato com você." Ela se levantou e ajeitou a saia do vestido.

Enzo deu a volta na escrivaninha e passou na frente de Manoela, abrindo a porta do escritório. "Gostaria de me desculpar por tudo isso." Ele sorriu e estendeu a mão para ela. "Não quero começar meu trabalho aqui com o pé esquerdo."

Ela segurou na mão dele. "Trabalho?"

Ele manteve a mão firme na dela. "Sim, sou o novo *chef* do restaurante."

"E *Zia* Gemma?"

"Ela está prestes a se aposentar. Meus pais estão cansados também. Chegou minha hora de assumir o negócio da família."

Manoela puxou a mão da dele, consciente de que o aperto tinha sido mais demorado do que o de praxe. "Eu não sabia dessas mudanças."

"Como eu disse, temos algumas questões de família que precisam ser resolvidas." Enzo sorriu.

"Claro." Manoela saiu do escritório e foi caminhando pelo corredor de piso de mosaico mediterrâneo.

"Manoela," Enzo a chamou. Ela parou e virou o pescoço, olhando por cima do ombro. Enzo correu os dedos pelo cabelo encaracolado. "Vamos resolver isso, não se preocupe."

Ela lhe ofereceu um leve sorriso e continuou em frente. Olhando para o grande relógio na parede da área de atendimento aos clientes, Manoela computou mais uma hora gasta que deveria ser compensada no fim do expediente. Ela acenou para a jovem atendente, que enchia as taças de vinho de um grupo de amigos, e apertou o passo, indo em direção ao estacionamento. Tinha urgência em verificar a lista de produtos necessários para a festa de casamento e tomar as providências. Com o celular sem bateria, não poderia pedir a Rosalie que pensasse em uma solução para o problema. A mulher, braço direito de Manoela, era capaz de milagres quando os prazos apertavam.

Tomando a *highway* paralela ao Lago Okanagan, Manoela ignorou a esplêndida paisagem que corria ao seu lado. Ela tinha pressa, não a mesma dos turistas que passavam com as caminhonetes e minivans puxando trailers e barcos. Tamborilando os dedos no volante, ela cortava os veículos mais lentos. Em algumas horas, ela refletiu, seu mundo se transformara. A notícia de que o Signor Ricci viajaria e, possivelmente, se aposentaria, pegara Manoela de surpresa. Zia Gemma talvez seguisse os passos do sobrinho. O novo *chef* do restaurante do Vinhedo Ricci era um total desconhecido. Que planos o tal Enzo teria para a parceira de anos com o Pomar Marques?

Manoela largou a bolsa em cima do sofá e foi tirando a sandália pelo corredor, em direção à cozinha. O cheiro de queimado a assaltou assim que abrira a porta de casa. "Lucas?"

"Aqui." A resposta veio da cozinha.

Largando a sandália no chão, Manoela correu até o fogão, de onde saía uma fumaça branca. "O que é isso?" Ela pegou uma luva térmica da gaveta e segurou firme no cabo da frigideira, colocando-a na pia.

Lucas, de avental, tossiu. "Acho que coloquei óleo demais no peito de frango."

Manoela abanou a fumaça e, com um garfo, salvou o pedaço de frango da frigideira, colocando-o em um prato. "Onde estava com a cabeça?"

O rapaz segurou nos ombros da mãe e sorriu timidamente. "Quis fazer uma nova receita."

A ira de Manoela se dissolveu quando olhou nos olhos marejados do filho. Ela suspirou e o puxou para si, abraçando-o. "Filho, sei que ainda não tive tempo de ouvir a sua ideia de ser *chef*, mas prometo que vamos conversar." Ela o afastou do abraço, encarando-o. "Por enquanto, fique longe da cozinha."

"Desculpe, mãe." Ele pegou a esponja com detergente e começou a limpar o fogão.

Em silêncio, mãe e filho arrumaram a bagunça. A última coisa que Manoela precisava era de mais atraso na resolução do problema com o Vinhedo Ricci.

"Vá jantar na casa dos seus avós. Eu preciso voltar para o pomar."

Lucas jogou a esponja na pia. "Você vai sair de novo? Quando vamos conversar?"

"Tenho um problema com um cliente para resolver. Você sabe como essa época é corrida."

"Mãe, você não descansa nunca; nunca tem tempo para ouvir os meus planos." Lucas cruzou os braços.

Tudo que preciso agora é uma briga com meu filho. Manoela respirou fundo. "Estou fazendo o melhor que posso. Acha que não fico cansada?"

"Por que não contrata mais gente para trabalhar no pomar?"

"Não é simples assim, Lucas. Temos muitas despesas e dívidas."

"É o que você sempre fala: 'Lucas, não temos dinheiro, Lucas, precisamos economizar, Lucas, agora não posso'."

Pela primeira vez naquele dia tenso, Manoela sentiu as lágrimas queimarem seus olhos. Lucas estava certo, mas o que ela poderia fazer? Aquela era sua realidade. Ela engoliu o bolo que se formou na garganta e segurou o filho pelos braços compridos. "Vá para a casa dos seus avós agora. Depois conversamos." *Voltei à estaca zero.*

Lucas saiu batendo o pé para dentro do corredor. Segundos depois, saiu de casa e bateu a porta, fazendo o corpo de Manoela estremecer. Pegando um pano de prato, ela enxugou os olhos. Não tinha tempo para se fazer de vítima. Ela foi para o quarto, colocou a roupa de trabalho, o mesmo short jeans e uma camiseta limpa, e saiu de casa, batendo a porta também.

CAPÍTULO 4

M anoela enfiou o pé no freio e soltou o cinto de segurança, que bateu na porta como uma chicotada. Desceu do jipe e foi para o escritório ao lado do galpão. Jorge chamou seu nome, mas ela o ignorou. Abrindo a porta, ela entrou na sala abafada e correu para o computador. Manoela sentou-se na cadeira e abriu a caixa de e-mails.

"O tratorzinho quebrou." Jorge aproximou-se da patroa.

Um, dois, três, Manoela pensou, resistindo à vontade de gritar. Ela girou a cadeira e olhou para o rapaz suado à sua frente. "Peça ao Miguel para dar uma olhada."

"Ele disse que é a correia do motor."

"O que quer que eu faça? Sou mecânica agora?" Um leve remorso acusou sua consciência. Jorge não tinha nada a ver com os problemas do pomar e muito menos com a situação de Manoela. Ela soltou um suspiro. "Me desculpe."

"Tudo bem." Jorge deu de ombros. "Posso pedir ao Soares que dê uma olhada?"

"Pode, mas me diga o valor do serviço primeiro."

Jorge bateu continência e saiu. Manoela abriu o anexo que Enzo tinha mandado. O pedido de hortifrúti era enorme. Ela precisaria se organizar. Apertando a cabeça com as duas mãos, Manoela soltou um grunhido.

"Dia difícil, hein?" A voz forte reverberou pelo escritório.

Manoela se virou na cadeira. "Rosalie, graças a Deus você chegou."

"O que aconteceu?" A mulher de cabelo grisalho era forte como um urso. Usava o surrado macacão estilo jardineira jeans e uma botina. Sua aparência truculenta destoava do espírito manso.

Em poucas palavras, Manoela resumiu seu dia: falou do recado estranho do Signor Ricci, contou-lhe de Enzo e da encomenda de produtos para o casamento. Terminou o desabafo com a crise entre ela e Lucas. "Agora a correia do tratorzinho quebrou. Mais uma vez."

Rosalie tirou um pedaço de pano encardido do bolso do macacão e enxugou a testa. Seu cabelo era sua marca registrada. A mulher se gabava de nunca gastar dinheiro em salão de cabelereiro. Ela usava uma tesoura, essa sempre cega, para dar-lhe o característico corte curto. O resultado eram mechas picotadas e irregulares. "Vamos por parte: primeiro quero ver a lista de compras do Vinhedo Ricci. Depois resolvemos a questão do tratorzinho. Sobre Lucas, ele merece umas palmadas." Ela soltou uma gargalhada.

Manoela sabia que a mulher mais velha paparicava o rapaz sem medida. Sentia-se um pouco avó de Lucas.

Manoela afastou a cadeira da frente do computador e apontou para a tela. Rosalie leu alguns dos itens e cruzou os braços.

"Acha que conseguimos?" Manoela perguntou.

"Pelos meus cálculos, precisamos contratar mais uma pessoa por duas semanas." Rosalie segurou nas alças do macacão com os polegares.

"E onde vamos arrumar alguém?"

"Vou ver com Jorge. Fique tranquila que eu trato disso."

Manoela suspirou. O que faria sem Rosalie? Verdade fosse dita, quando a mulher descabelada apareceu no Pomar Marques dois anos antes pedindo emprego, Manoela a dispensara de imediato. Rosalie não tinha experiência formal de trabalho e nem endereço fixo. Nos próximos dias, a mulher voltara ao pomar pedindo emprego. Manoela precisava de alguém confiável, e Rosalie não parecia se encaixar no perfil. Depois de uma semana pedindo, Manoela resolveu dar-lhe uma oportunidade. E não se arrependeu. A mulher tinha a aparência e a força de um urso. Além do mais era organizada e calma. Manoela foi descobrindo aos poucos que Rosalie tinha ajudado o marido com serviços de jardinagem durante anos e, quando ele morreu, deixou muitas dívidas de jogo. A vida secreta do marido viera à tona no dia do enterro, quando um agiota mal-encarado viera cobrar o dinheiro. Rosalie vendera o carro e o apartamento para saldar as dívidas. Depois disso, ela nunca conseguiu um lugar fixo para morar e vivia de favor na casa de amigos e parentes. Manoela lhe deu o emprego e ofereceu uma casa abandonada no fundo do terreno do pomar para a mulher morar. Em poucas semanas, Rosalie reformou a casa, mostrando à Manoela que a nova funcionária não tinha medo de trabalho.

Levantando-se da cadeira, Manoela aproximou-se da amiga e apertou suas mãos calejadas. "Não sei o que faria sem você."

Rosalie bateu de leve na cabeça de Manoela. "Com essa cabeça boa que você tem, minha linda, não precisa de mim tanto quanto pensa."

"Hoje me sinto uma fracassada. O trabalho está me pesando, e meu filho me despreza." Manoela encostou-se na escrivaninha.

"Seu filho não a despreza, e você não é uma fracassada. Está cansada, só isso." Rosalie tirou o celular com o visor rachado do bolso. "Vá para casa. Resolvo essas pendências. Descanse e volte renovada amanhã."

Manoela aceitou de bom grado a sugestão. Estava exausta, suada e frustrada. Precisa passar um tempo com Lucas. Ali do escritório, ela ligou para o filho e lhe disse que estaria em casa em quinze minutos. Manoela deu um abraço em Rosalie e correu para o jipe.

"Mãe, cheguei."

Manoela puxou a toalha da cabeça e correu os dedos pelo cabelo molhado. "No quarto. Pode entrar."

O rosto do rapaz surgiu na fresta da porta semiaberta. "Trouxe um pote com comida que a vovó mandou. É bacalhau."

Manoela balançou a cabeça e se aproximou do filho. "Deixe em cima da pia que como mais tarde."

Lucas ficou parado à porta. Limpou um pigarro da garganta. "Mãe, pode me perdoar? Fui grosso com você."

Uma das qualidades de Lucas era o bom coração. Ele tinha rompantes de raiva, atitude natural da idade. Porém, ele nunca deixava o dia terminar sem pedir perdão. Nessas horas de fragilidade do filho, Manoela via o bebê que ela segurara nos braços quase quatorze anos antes. No entanto, a espinha inflamada na ponta do nariz e o comportamento malcriado horas antes mostravam o adolescente. Manoela levou a mão ao rosto do filho e o beijou. "Claro que perdoo. Tome um banho e espero você na cozinha. O bacalhau está cheirando muito bem."

Lucas riu e saiu pelo corredor. Quinze minutos depois, Manoela esperava o filho sentada à mesa com um prato de bacalhau à Gomes de Sá na sua frente. Logo o rapaz apareceu, o cabelo molhado colado na testa.

Manoela limpou os lábios com um guardanapo de papel e deixou o garfo ao lado do prato. Olhou para o rapaz esguio de pijama e seu coração triplicou de tamanho. *Como cabe tanto amor dentro da gente?* Resumidamente, Manoela narrou, mais uma vez, os problemas do dia. Ela e Lucas conversavam muito, e não era novidade para o menino que sua mãe carregava os negócios da família nas costas.

Lucas levantou-se, segurou as mãos atrás do corpo e andou pela cozinha, seu jeito de se preparar para dizer algo importante, Manoela sabia bem. Ela observou o rosto sério do filho e quase podia ver as engrenagens do cérebro adolescente funcionando.

Ele parou de frente à Manoela, pernas afastadas como um soldado. "Mãe, sei muito bem da nossa situação. O vovô e a vovó acham que fico surdo quando estou jogando *videogame* na casa deles. Eles falam alto demais." Lucas riu, mas voltou a ficar sério. "Só não acho justo."

Manoela afastou o prato com a metade da posta de bacalhau para o centro da mesa e apoiou os cotovelos na fórmica fria. "O que não é justo?"

Lucas puxou a cadeira e se sentou bem na beirada. "Você é a única da família que trabalha no pomar. Sei que meus avós estão velhos, e tio Diogo tem o negócio dele, mas antes, todos ajudavam. O trabalho aumentou, e o número de pessoas trabalhando diminuiu. Acha justo?"

Manoela admirava a percepção e a preocupação do filho. Era bem verdade que antes ela contava com os pais e o irmão. "Rosalie me ajuda muito."

"A Rosalie é uma funcionária; se ela precisar ir embora, vai. Você fica. A dor de cabeça é sua."

"O que sugere?"

"Eu quero ser *chef* e ajudar você." Lucas empinou o nariz e bateu a mão fechada na coxa.

A maternidade e a paternidade eram como um jogo de xadrez. Os filhos iam crescendo e colocando os pais em xeque-mate. No caso de Manoela, ela era a única peça no tabuleiro a ser encurralada. Vida de mãe solteira ou divorciada. Mark (era difícil até pensar no nome dele) procriou e pulou fora. Não que Manoela quisesse que uma pessoa desprezível como ele tivesse influência na vida do filho. Lucas tinha mais traços de personalidade de Diogo do que do pai biológico. Manoela era grata a Deus por seu irmão. Porém, ali estava ela, em xeque-mate, o filho adolescente decidido a ajudar sua mãe.

"Filho, fico feliz que queira me ajudar, mas você ainda está na escola."

"Faço quatorze anos semana que vem; já posso trabalhar."

"Você já ajuda no pomar de vez em quando."

Ele se levantou novamente. "Estou falando de um trabalho que me pague."

Manoela engoliu em seco. De fato, boa parte dos adolescentes arrumavam emprego no verão quando alcançavam a idade legal para entrarem no mercado de trabalho. "Onde vai arrumar um emprego de *chef*? Suas habilidades culinárias são..."

"Eu sei que não tenho habilidades na cozinha, mas vou aprender. Enquanto isso, posso lavar pratos."

Manoela teve a impressão de que o filho já tinha suas peças no tabuleiro arrumadas de forma estratégicas para vencer o jogo. "Qual o plano?"

Lucas sorriu. "Na excursão do centro comunitário essa semana, fomos a vários vinhedos. Conhecemos o trabalho dos *chefs*. Todos disseram que a melhor forma de começar é trabalhando numa cozinha, mesmo que seja lavando pratos. Posso fazer isso, mãe, sei que posso."

Os olhos do filho brilhavam, e Manoela viu a determinação dele. "Está certo. Vou ligar para alguns conhecidos dos vinhedos e ver se há vagas para lavar prato."

O rapaz deu um meio sorriso. "Não precisa. Já arrumei uma vaga."

O jogo do filho estava mais adiantado do que ela imaginava. "Já? Onde?"

Naquele momento, a campainha tocou. Manoela levantou-se. "Quem será?"

Lucas deu de ombros e saiu pelo corredor, dizendo que depois falaria com a mãe. Manoela foi para a sala de estar em direção à porta. O rosto de Rosalie surgiu na fresta que Manoela abriu. A amiga não era de fazer visitas inesperadas. Com um longo suspiro, a dona da casa escancarou a porta. Aquele dia parecia interminável.

CAPÍTULO 5

Rosalie estendeu a mão para Manoela e lhe entregou um celular. "Você saiu tão apressada que largou o telefone carregando no chão do escritório."

"Ufa, achei que tinha acontecido mais um problema." Ela pegou o aparelho e fez um gesto para Rosalie entrar. "Fique para um café."

"Aceito. Na verdade, tenho uma boa notícia. Soares arrumou a correia do motor do trator de graça." Rosalie enfiou as mãos nos bolsos do macacão e acompanhou Manoela até a cozinha, sentando-se à mesa.

"De graça? Desde quando Soares faz caridade?" Manoela conhecia o mecânico. Ele era bom no que fazia, mas cobrava cada tostão por uma porca e rebimboca.

"Troca de favores." Rosalie riu.

Manoela ligou a cafeteira, tirou o prato de bacalhau da mesa e se sentou de frente à mulher. "Troca de favores? De que tipo?"

Rosalie jogou a cabeça para trás, rindo. "Nada do que está pensando. Eu ajudei a esposa dele a acabar com uma praga na estufa de alface. Aí, negociei com ele."

Manoela balançou a cabeça, incrédula. "Está vendo? Foi o que eu disse mais cedo. O que faria sem você?"

"E o que eu teria feito da vida se você não tivesse me acolhido? Estamos quites."

As duas mulheres bebericaram o café e trataram das pendências do trabalho. Rosalie informou à amiga e chefe que tinha conseguido um rapaz para trabalhar nas próximas duas semanas até o dia da entrega dos produtos para a festa de casamento no Vinhedo Ricci. Manoela sentiu um peso ser retirado de suas costas. Sussurrando, ela contou à Rosalie sobre a intenção de Lucas de trabalhar na cozinha de um vinhedo lavando pratos.

"O rapaz quer virar homem. Deixe que ele tome decisões," Rosalie sussurrou em resposta.

Depois de meia hora de conversa, a amiga se despediu, Manoela ajeitou a cozinha e foi para o quarto se trocar para dormir. Um *rap* gospel vinha do quarto de Lucas. Manoela vestiu a camisola e pegou um pote de creme. Sentando-se na beira da cama, ela começou a hidratar a pele, enquanto cantarolava algumas partes da música tão conhecida: "do que vale ganhar o mundo e perder a alma." Manoela suspirou, grata porque apesar de tantas dificuldades, seu filho se importava em fazer o que era certo. Não era só opinião de mãe, mas ela se emocionava ao ver seu filho trilhando um caminho contrário ao dos jovens da mesma idade. Pouco se importava com marcas de roupa, corte de cabelo da onda e celular de última geração. Enquanto os amigos namoravam numa idade imprópria, Lucas fazia amizade com adolescentes de ambos os sexos. Deus o poupara de ver e imitar o pai.

Manoela fechou o pote de creme e esfregou as mãos com o excesso que restara. A música parou. Ela ouviu o filho indo ao banheiro e voltando para o quarto. Logo, a casa ficou em silêncio. *Deus, obrigada por Lucas. Ele é um filho maravilhoso.* Algumas lágrimas salpicaram de seus olhos. Não existia esforço algum no mundo que pudesse desanimar Manoela por causa daquela vida preciosa no quarto ao lado. Rosalie tinha razão — Lucas estava virando homem e precisava de liberdade para tomar as próprias decisões.

Acendendo o abajur e apagando a luz, Manoela puxou a colcha rendada que sua avó portuguesa tinha lhe deixado de herança e fechou a janela, deixando o ar adocicado da noite do Vale do Okanagan encapsulado em seu quarto. Ela saiu pelo corredor e entrou no quarto de Lucas, que já dormia tranquilo. O vulto do corpo longo do rapaz tomava toda a cama, os braços e as pernas em várias direções como uma estrela-do-mar. A colcha estava jogada no chão. Manoela a pegou e cobriu os pés enormes do filho. Abaixando-se, ela beijou o rosto dele, sentindo a leve penugem em seu queixo. Silenciosamente, ela fez uma oração por Lucas, que Deus fizesse dele um homem segundo seu coração.

Manoela andou com Rosalie por mais uma fileira de hortaliças, arrancando uma folha murcha aqui e ali. O sistema de irrigação tinha entupido logo cedo, mas o problema já tinha sido resolvido por seu pai. O Sr. Marques cuidava da horta com a ajuda da esposa, Maria. Apesar de perceber o esforço grande dos pais, Manoela não se atreveria a tirar aquele trabalho tão importante dos dois. O pomar significava muito mais do que o sustento da família. Ele representava a perseverança do casal de imigrantes que tinha chegado ao Canadá com uma mala apenas. Manoela sabia de cor a história dos pais e se orgulhava deles. Como eles, muitos portugueses tinham deixado sua terra mãe para cultivar as terras do Vale do Okanagan, no Oeste do Canadá, depois da Segunda Grande Guerra. Muitos pomares da região exibiam placas com sobrenomes portugueses, como o da família Marques.

"Vou mudar a mangueira de lugar. As abobrinhas estão ficando secas." Rosalie enxugou o suor da testa com o antebraço.

"Faz bem. A temperatura vai chegar a quarenta e dois graus mais tarde." Manoela puxou o celular do bolso e leu uma mensagem. "Jorge precisa de mim no pomar."

As duas se despediram. Manoela saiu do corredor de hortaliças e cruzou a estradinha de terra da propriedade, indo em direção às carreiras de árvores frutíferas. O barulho do tratorzinho foi se intensificando até que ela viu Jorge acenando. Ele parou o trator, o motor sofrendo para aguentar o trabalho, e gritou:

"Preciso levar as encomendas do Vinhedo Saca-Rolhas."

"Achei que era amanhã." Manoela apoiou o pé na roda do trator.

"Receberam um grupo grande de turistas de uma hora para outra."

Jorge pulou do trator, e Manoela assumiu o trabalho. Durante duas horas, ela trabalhou sob o sol a pino, carregando caixas de pêssegos e nectarinas do pomar para o depósito. Apesar do conserto, o trator ainda fazia um barulho estranho, mas Manoela o ignorou. O novo funcionário, Chico, era rápido na colheita das frutas. Mais uma vez, Manoela se sentiu grata por Rosalie e sua rapidez em resolver problemas.

No fim do expediente, Manoela correu para o escritório e gastou mais uma hora nas contas do pomar. O lucro da estação seria suficiente para pagar as contas, mas não sobraria muito para gastos extras, como um novo trator. O ideal seria conseguir outros contratos com restaurantes, mas isso significaria contratar mais funcionários. Para crescer, o pomar tinha que gastar. Manoela fechou o computador e saiu do escritório no ar abafado do fim de tarde. Os outros funcionários já tinham saído. Apenas o barulho do sistema de irrigação chegava aos ouvidos de Manoela. Não. Na verdade, seu celular vibrou no bolso do short. Ela o puxou e atendeu a ligação do Vinhedo Ricci.

Com o semblante franzido, ela ouviu a voz. Para sua surpresa, era Enzo. Em poucas palavras, ele a convidou para uma reunião rápida em seu escritório.

Reunião? Manoela nunca precisara marcar nada com o Signor Ricci. Eles tratavam tudo pelo telefone ou e-mail. Se bem que o e-mail nunca enviado a tinha deixado nessa enrascada. Curiosa e ansiosa, Manoela aceitou o convite. Esperava não ter que enfrentar mais problemas. Certamente Enzo gostaria de discutir detalhes da entrega dos produtos para a festa de casamento. Ele parecia ser mais organizado que o pai em relação ao trabalho. Como assumiria os negócios da família Ricci, era do interesse de Enzo atualizar-se sobre a situação do Vinhedo. E era do interesse de Manoela deixar seu cliente satisfeito.

Passando em casa, ela tomou um banho e se arrumou. O calor pegajoso pedia um vestido fluido. Ela tirou um estampado de saia longa do armário. Calçou a sandália baixa de couro e prendeu a parte de cima do cabelo com uma fivela, deixando o restante solto nos ombros. Lucas tinha mandado uma mensagem mais cedo, avisando que estava com os amigos da igreja jogando vôlei na praia do lago.

No jipe, Manoela tomou a *highway* em direção ao Vinhedo Ricci. O sol de verão ainda brilhava, mas já deixava leves tons rosados no céu claro sobre as montanhas arredondadas e áridas. Meia hora depois, o jipe entrou na estradinha de terra, que subia a colina entre as vinhas. A expectativa de Manoela cresceu.

CAPÍTULO 6

*P*ara quem vai ter uma reunião de trabalho, Enzo está bem à vontade de bermuda e camiseta, Manoela pensou ao descer do jipe e acenar para o homem na escada de lajota da sede do vinhedo. Ela passou por vários carros, muitos com placas de outras localidades, e caminhou em direção a Enzo. Seu vestido balançou com a brisa do alto da colina. Um animado grupo de casais passou por ela e tomou um caminho lateral de pedras decorativas que levava ao restaurante Ricci.

Enzo a recebeu com a mão estendida. "Obrigado por vir assim de última hora."

Manoela apertou a mão dele e o seguiu para uma saleta no fundo do casarão. A vista dava para o declive suave da colina com vinhas a perder de vista. Enzo indicou uma poltrona de couro ao lado do janelão para Manoela e sentou-se na outra de frente a ela. Ele cruzou as pernas, e Manoela notou uma grande cicatriz que parecia de queimadura saindo do peito do pé calçado de tênis até próximo ao joelho. A pele mediterrânea de Enzo disfarçava a marca, que certamente era antiga. Ele parecia alheio ao olhar curioso de Manoela.

"Agora estou começando a me atualizar a respeito da situação do vinhedo." Ele colocou o celular de última geração em cima de uma mesinha de vidro entre as poltronas. "Meu pai fez um bom trabalho, mas nos últimos meses, ele andou bastante cansado. Um dos motivos que me trouxeram para cá foi a necessidade de ampliar os negócios."

Manoela balançou a cabeça como se entendesse, mas não sabia qual era o seu papel nos negócios da família. "Sei."

Uma mocinha uniformizada entrou com uma bandeja com duas taças de vinho branco. Enzo pegou as duas da bandeja e ofereceu uma à Manoela, que agradeceu, mas colocou a bebida em cima de mesa. Beber vinho para ela era sinônimo de ficar sonolenta. Precisava das faculdades mentais em alerta.

Enzo girou a taça, deixando o vinho escorrer pela superfície côncava, bebeu um gole, levantou a taça e agradeceu à moça, que saiu tão discretamente quanto entrou. Ele deixou a taça ao lado da outra. "O investimento maior que quero fazer será no restaurante. Vou começar reformulando o cardápio."

Boa sorte, Manoela pensou. Mexer no trabalho de Zia Gemma era o mesmo que tentar tirar um osso de um cachorro feroz. "Sei." *E por que exatamente eu estou aqui, desejando estar em casa com meu filho?*

Enzo ajeitou-se na poltrona, chegando mais para frente. "Aí que você entra. Vou precisar de mais produtos frescos, inclusive no inverno."

Espere! Ele não sabe que estamos no Canadá com invernos rigorosos e pouca oferta de produtos frescos? "No inverno? Fica um pouco difícil."

"Para isso existem as estufas." Ele sorriu.

Como se eu não soubesse. Também sei quanto custam. "Não tenho estufa."

"Sei disso. Visitei seu pomar."

Por que Manoela tinha a impressão de que acabara de entrar, mais uma vez, em outra dimensão? "Quando?"

"Conversei com um rapaz, Jorge, se não me engano." Enzo segurou a taça de vinho, girou-a lentamente em direção à luz e tomou outro gole, deixando-a de lado.

Muita surpresa para meu gosto. "Então confirmou que não tenho estufa."

"Por isso, tenho uma oferta a fazer."

Aquilo estava cheirando à lixeira que tinha ficado o dia todo debaixo do sol. "De que tipo?"

"Quero fazer um investimento no pomar."

"No meu pomar?" A pergunta saiu antes que Manoela pensasse.

Enzo riu. "Sim. Quero usar produtos locais."

"Há inúmeros produtores no Okanagan, muitos, bem maiores do que minha família." Manoela sentiu-se sentada em espinhos. Ajeitou o corpo na poltrona.

"Aí está a palavra-chave."

Certo. Ele quer brincar de charada. "Quantas letras?" Ela jogou uma mecha do cabelo para trás.

Por um momento, Enzo olhou para Manoela com uma interrogação no semblante. Depois, soltou uma risada. "Acha que estou brincando?"

"Você mesmo disse: palavra-chave. Quero saber quantas letras tem a palavra." Ela deu um meio sorriso.

"Sete."

"Sete letras?"

"F-A-M-Í-L-I-A," ele soletrou.

Era de se admirar o senso de humor de Enzo. "O que tem a família?"

"Quero fazer negócio com um produtor que valorize o negócio de família. Assim como na Itália."

Manoela relaxou o corpo. Signor Ricci sempre espalhava aos quatro ventos que o bom negócio era o que ficava na família. Ele sempre se manteve fiel a essa filosofia. "Qual é a proposta?"

Na próxima hora, Manoela sentiu a cabeça girar e não era por causa do vinho, que permanecia na mesinha ao lado. Enzo disse que investiria nas estufas em troca do trabalho de Manoela. Ele discorreu os valores, e ela arregalou os olhos. Ela teria muito trabalho no outono e inverno, podendo contratar mão de obra. A pergunta que incomodava era: por que ele fazia aquela oferta? Certo, queria um produtor local que administrasse o próprio negócio. Ela verbalizou a pergunta.

"Gosto da sua sinceridade. Exatamente como meu pai me disse," Enzo falou.

Manoela confiava no Signor Ricci. O homem já tinha tirado a família Marques de vários apuros. Quando seu pai ficou muito doente dois anos antes, Manoela viu a generosidade de Gino Ricci. Com seu jeito direto, o dono do vinhedo ligou para vários proprietários de restaurantes e os intimou a comprarem produtos dos Marques. Manoela e a família viram os negócios aumentarem e mesmo quando seu pai se recuperou, muitos dos novos clientes permaneceram com o Pomar Marques. Ela esperava que o filho fosse tão correto quanto o pai.

"Preciso de tudo por escrito. Vou discutir a proposta com minha família."

Enzo bateu as mãos nas coxas. "Ótimo. Devo dizer que teremos um contrato justo. Podemos marcar com o advogado."

Levantando-se, Manoela ajeitou a saia estampada. "Fico aguardando." Os olhos dela correram do rosto de Enzo para sua perna queimada. Ele não percebeu ou preferiu ignorar o exame. Talvez já estivesse acostumado com os olhares.

Enzo levantou-se e seguiu Manoela pelo corredor fresco. Abrindo a porta de madeira maciça que dava para a recepção da sede, ele cumprimentou vários clientes que circulavam pelas mesas que expunham vinhos, queijos e frios. Manoela tomou a direção da porta de vidro da saída e, virando-se, ela estendeu a mão para Enzo.

"Obrigado por ter vindo." Ele sorriu.

Ela balançou a cabeça em um cumprimento. Desceu um degrau e parou de repente ao se deparar com Lucas. "O que faz aqui?"

O rapaz subia os degraus, acompanhado de Davi, seu melhor amigo. Ele beijou o rosto de Manoela. "Viemos fazer uma entrevista de emprego."

Manoela olhou para o filho e virou-se para trás. O novo dono do vinhedo cumprimentou os dois rapazes pelos nomes, para surpresa de Manoela. De onde se conheciam?

Enzo segurava a porta de vidro. "Venham."

Os rapazes subiram a escada e cumprimentaram Enzo com um aperto de mão. Manoela ficou parada no degrau olhando para os três.

"Se me dá licença, tenho que fazer essas entrevistas de trabalho." Enzo soltou a porta e sumiu para dentro da sede do vinhedo com Lucas e Davi no seu encalço.

CAPÍTULO 7

Manoela deu alguns passos de volta à sede do vinhedo. Lembrou-se da recomendação de Rosalie de permitir que Lucas tomasse suas decisões. O fato de o filho estar, naquele momento, fazendo uma entrevista de trabalho com Enzo mostrava que o rapaz estava decidido a fazer o que tinha dito à mãe no dia anterior. Ele queria trabalhar, e Manoela não tinha o direito de impedir. Ela voltou para o jipe e encostou-se na porta, olhando para as janelas limpíssimas que mostravam os clientes circulando pela recepção do lugar, saboreando vinho, conversando e rindo. Os grilos faziam serenata sob o céu estrelado. Manoela inspirou e pensou na proposta de Enzo. Ela não teria condições de tomar uma decisão sem antes falar com os pais e Diogo. Aproveitando a espera, ela passou uma mensagem no grupo da família, marcando uma reunião.

Para sua surpresa, Diogo escreveu que estava na casa dos pais com Isadora e que poderiam conversar de imediato.

Manoela olhou para o casarão mais uma vez, e nem sinal de Lucas. Talvez fosse melhor mesmo não dar uma de mãe-helicóptero e deixar o rapaz à vontade. Seria mesmo constrangedor Enzo vê-la esperando o filho como se ele fosse um aluno de escola primária.

Digitando outra mensagem no grupo da família, ela avisou que estava a caminho. Seria bom conversar com Diogo sobre as mudanças de Lucas também.

A mesa era sempre farta, mesmo depois do jantar. Manoela cresceu tomando o "cafezinho da noite", como sua mãe chamava o exagero de comida em cima da mesa. A broa saída do forno saudou Manoela assim que abriu a porta dos fundos da casa antiga dos pais, que dava na ampla cozinha azulejada.

"Isadora, que surpresa boa saber que vocês estavam aqui." As cunhadas se deram um grande abraço.

"Temos uma novidade." Diogo foi o próximo a abraçar a irmã.

"Gravidez?" Manoela perguntou.

"Não é dessa vez que ganho um neto." Sentada à mesa ao lado do marido, Dona Maria cortou a broa em fatias.

Manoela cumprimentou os pais e roubou uma fatia morna da broa. "Estou curiosa."

"Mas antes, vamos fazer nossa reunião de família. Também estou curioso com essa oferta do filho do Signor Ricci." Diogo se sentou ao lado de Isadora.

Pogo, o cachorro labrador do casal, entrou do quintal latindo. Manoela correu os dedos pelo pescoço do animal. "Ele está procurando Lucas, na certa."

O cachorro entrou na casa, farejando o chão, o rabo balançando de um lado ao outro, e logo saiu de volta para o quintal.

"Então, vamos aos negócios." O patriarca da família tirou um bloquinho de anotações do bolso da camisa e o colocou ao lado do prato. O cabelo branco do Sr. Marques tinha raleado mais depois da última pneumonia, que quase o levara.

Manoela explicou a proposta do Enzo. "Ele vai me mandar detalhes, e vou conversar com o advogado."

"O que me deixa intrigado é uma oferta generosa assim," Sr. Marques disse e mordeu a tampa da caneta.

"Fiz uma rápida busca na Internet e encontrei muita coisa sobre Enzo Ricci." Diogo entregou a xícara para a mãe, que a encheu de café.

Manoela arregalou os olhos. "Muita coisa boa ou ruim?"

"Enzo Ricci tem um currículo extenso como *chef*. Começou em Montreal há dez anos e depois foi para a Itália. Trabalhou em alguns restaurantes no país, com uma breve passagem pela França. Os nomes dos *chefs* com quem trabalhou impressionam até quem faz salada de macarrão." Diogo olhou para Isadora e piscou.

Ela jogou um miolo de pão no marido. "Vai debochando da minha comida. Quer passar fome?"

A família riu, e Dona Maria veio em defesa da nora. "Isadora faz um bacalhau melhor que o meu." A mulher de rosto redondo corado cortou outro pedaço da broa e a colocou no prato do marido.

"Depois as pessoas fazem piadas com sogra. A minha não se encaixa nisso." Isadora sorriu para Dona Maria.

"Voltando ao assunto..." Manoela sabia que as reuniões de família dos Marques eram sempre cheias de interrupções. "O que acham da proposta?"

"Vale a pena conversar com o advogado. Vamos fazer uma lista de perguntas." Sr. Marques começou a escrever no bloquinho.

Uma hora depois, a broa tinha acabado, e as perguntas tinham se multiplicado. Enquanto Isadora e Dona Maria tiravam a mesa, Manoela e Diogo repassavam as perguntas do pai. Algumas precisavam ser respondidas de imediato antes de uma decisão. As outras eram sobre detalhes técnicos a respeito do funcionamento da estufa.

Manoela esticou os braços no ar e bocejou. "Preciso ir embora, mas antes quero saber da notícia de vocês."

Isadora sentou-se no colo de Diogo. "Seu irmão vai virar celebridade."

"Eu, celebridade? A ideia foi sua." Ele fez cócegas na cintura da esposa, que riu e lhe deu um tapa na mão.

"O convite é para nós dois," ela respondeu.

"Que mistério!" Manoela sentou-se na beira da cadeira.

Isadora levantou-se. "Fomos convidados para fazer parte de um programa de reformas de casa, sabe aquele tipo antes e depois?"

Manoela arregalou os olhos, e seus pais se cochicharam alguma coisa. "Que fantástico!"

Isadora deu os detalhes. Era uma espécie de competição de casais reformando casas. "Vai ser filmado em Vancouver."

O novo projeto levaria seu irmão e a cunhada para longe por um tempo. Manoela precisava dos dois por perto se fossem aceitar a oferta de Enzo. "E quando começam a filmar?"

"Vai demorar. Uns dois meses. Estamos em fase de produção," Diogo explicou.

Isadora tagarelou por alguns minutos, contando detalhes da produção, dos irmãos gêmeos que encabeçariam o programa e dos desafios de fazer uma reforma em pouco tempo. Depois, ela se afastou e foi ajudar os sogros com umas plantas no quintal.

Manoela aproveitou para conversar com o irmão sobre Lucas. Contou-lhe do sonho de ser *chef* e da entrevista de emprego com Enzo. "Rosalie disse que ele precisa tomar as próprias decisões."

"Ela está certa. Lucas não é mais criança e quer ser reconhecido como homem. É importante nessa fase ele fazer as coisas sozinho, mesmo que quebre a cara." Diogo de um tapinha na mão da irmã. "Tenho orgulho de você. Sei que não foi fácil criar Lucas sozinha."

"Não foi sozinha." Ela sorriu. Diogo nunca a deixou na mão. Isadora era uma mulher abençoada por se casar com um homem tão correto. Quanto a ela própria, casou-se com Mark apesar dos alertas. Manoela via todos os sinais de que ele não levaria o casamento a sério. Frequentar a igreja para cantar meninas ingênuas, conforme ele mesmo dizia, era seu passatempo predileto. Depois, Mark se cansou das ingênuas e partiu para as experientes.

"Vou chamar Lucas para um passeio de caiaque. Quero saber da novidade por ele." Diogo levantou-se quando Isadora entrou na cozinha.

A família Marques se despediu, deixando Manoela encarregada de conversar com o advogado. Na volta para casa, ela repassou os últimos acontecimentos na mente. Era muita mudança para absorver. Precisava de uma boa noite de descanso para estar com a cabeça fresca no dia seguinte. A cama a chamava. No entanto, ao entrar com o jipe no caminho de terra em frente à sua casa, Manoela viu o filho acenando da varanda.

Sua cama teria que esperar.

CAPÍTULO 8

Lucas pulou de joelhos na cama de Manoela, fazendo a cabeceira branca balançar. "Enzo disse que posso começar no sábado."

"Que bom, meu filho." Lucas a tinha arrastado para dentro de casa assim que ela desceu do jipe e foi tagarelando pelo corredor, repetindo cada pergunta do seu novo empregador. Manoela estava feliz, mas esperava que Lucas não se decepcionasse. Afinal, lavar pratos era uma tarefa interminável e mal remunerada.

"Enzo disse que, se eu fizer meu trabalho bem, ele me põe para limpar as mesas também."

Enquanto Manoela tirava a leve maquiagem do rosto com água micelar embebida em uma bola de algodão, ela ouviu o filho falar 'Enzo disse' pelo menos seis vezes. Sua preocupação era que o novo dono e *chef* do Restaurante Ricci não enchesse a cabeça do seu filho com promessas vazias, embora limpar mesas passava longe de ser uma promessa interessante. "E qual seu horário de trabalho?"

"Enzo disse que vou trabalhar no horário do almoço, assim posso ir e voltar de ônibus."

Será que Enzo disse que Lucas teria que subir a estradinha de terra a pé debaixo do sol escaldante? "Tem aquele morrinho para subir."

"Posso subir de trator."

"Enzo disse isso?" Manoela fez questão de enfatizar o tom cínico, mas logo se arrependeu. Lucas estava exultante com o primeiro emprego, e ela precisava apoiá-lo em vez de criticar seu novo patrão.

Lucas levantou-se da cama. "Enzo não disse, mas eu conversei com o motorista do trator."

Manoela jogou o algodão manchado de batom na lixeira ao lado da penteadeira. "E Davi, conseguiu o emprego?"

"Ele vai trabalhar na pousada que Enzo vai abrir. Vai ajudar o jardineiro." Lucas deu boa noite à mãe e saiu cantarolando pelo corredor.

Pousada? Enzo era mesmo ousado, abocanhando outros negócios. Na verdade, Manoela tinha visto uma obra atrás da sede do vinhedo e imaginou que fosse uma extensão do restaurante. Uma pousada naquele lugar bucólico atrairia muitos turistas que faziam a Rota do Vinho, como era conhecido aquele corredor de vinhedos que se estendia por muitos quilômetros ao longo do Lago Okanagan.

Manoela colocou a camisola, escovou os dentes e se deitou com o celular na mão. A curiosidade a levou a fazer a mesma busca que Diogo tinha feito. Ela digitou Enzo Ricci, e várias informações apareceram. Ela leu alguns artigos e depois clicou em imagens. Enzo aparecia vestido de *chef* com pessoas diferentes em cenários diversos. Em várias fotos, ele estava mais jovem, ao lado de um senhor alto, de pele escura e devidamente vestido como um *chef* de cozinha. A informação abaixo da imagem dizia que o homem era *Patissier*. Manoela não conhecia a hierarquia de cozinha, mas o artigo que ela encontrou sobre *Chef* Ebele falava da sua fama nos círculos culinários de Montreal. Enzo tinha morado em Montreal e possivelmente, Manoela concluiu, *Chef* Ebele teria sido um dos seus mentores, se essa era a palavra certa para o mundo *gourmet*. Talvez a queimadura na perna de Enzo tivesse acontecido nos tempos de treinamento como cozinheiro.

Desligando o celular e o abajur, Manoela aconchegou a cabeça no travesseiro. Seria interessante ver Enzo em ação. Mais interessante ainda, seria vê-lo disputando espaço na cozinha com Zia Gemma.

O sono foi chegando de mancinho. O frescor dos lençóis recém-lavados na pele de Manoela a fez relaxar. O dia tinha sido corrido, mas prometia render oportunidades singulares no futuro próximo para ela e para Lucas. O rapaz logo seria um homem e deixaria sua mãe para alcançar seus sonhos. Manoela não mais ouviria o barulho no quarto ao lado, do chuveiro ligado, da música. Não veria mais pratos e copos espalhados na pia. Era o curso natural da vida. Restaria à Manoela curtir a solidão da casa cercada de árvores. Talvez arrumasse um cachorro como Pogo, que lhe servisse de companhia e alarme caso um estranho tentasse invadir seu recanto. Ou um gato. Mulheres solteiras mais velhas arrumavam gatos por algum motivo inexplicável.

Estendendo o braço para o lado vazio da cama de casal, Manoela suspirou. Melhor uma cama vazia do que dividi-la com o inimigo. Melhor a companhia da solidão do que de um marido *fake*, que a deixava sozinha de qualquer modo para rodar os bares em busca de diversão feminina. Com o rosto quente da raiva que sempre aumentava ao pensar em Mark, Manoela grunhiu. Por que não ouvira seus pais e Diogo? Por que ela não fizera a comparação básica entre Mark e Diogo para constatar o óbvio de que o ex-marido não chegava à sola do sapato do irmão em decência e ombridade?

A oração desesperada que ela começou transformou-se em palavras soltas e sem muito sentido até restar só um vácuo mental. O cansaço cobrou seu preço, e Manoela dormiu.

"Esse cara está dando em cima de você, pode escrever aí no seu caderninho." Rosalie sentou-se na cadeira de frente à Manoela e amarrou o cadarço da botina.

"Que ideia. Enzo disse que gosta de fazer negócio como na Itália: entre famílias." Por um instante, Manoela se sentiu na pele de Lucas, que repetia o que Enzo disse vezes sem conta.

Rosalie se levantou e se apoiou no encosto da cadeira. "Ele é bem bonitão."

Manoela batucou a caneta na escrivaninha. "Já foi investigar, é?"

"Quis saber com quem estamos trabalhando."

"Qual seu veredito?" Manoela provocou.

"Cara de sedutor. Alerta vermelho." Rosalie soltou uma risada e saiu do escritório com as mãos enfiadas nos bolsos do macacão.

Manoela tinha acordado mais tarde do que planejara e, para sua surpresa, Lucas já tinha saído de casa. Ele lhe mandou uma mensagem explicando que iria ao banco com o avô abrir uma conta. *Um passo a mais em direção à independência*. Faltavam dois dias para o aniversário do filho; um dia antes de começar seu primeiro trabalho. Valia uma comemoração em família, o que os avós certamente estariam planejando.

Digitando as perguntas que ela, Diogo e o pai tinham feito na noite anterior, Manoela tomou a decisão de que recusaria a proposta se alguma coisa estivesse obscura. Advogados eram mestres em enrolar, e Manoela não se submeteria a um discurso dúbio. Uma coisa era confiar em Signor Ricci, outra bem diferente era meter-se em um negócio com Enzo, quem ela mal conhecia. O fato de ele ser um *chef* reconhecido não significava que merecia confiança nos negócios.

O encontro com o advogado estava marcado para as duas da tarde. Olhando o relógio no canto da tela do computar, Manoela calculou que teria tempo de trabalhar no pomar mais uma hora e depois correr para casa para se arrumar. Saindo do escritório, ela pegou o tratorzinho e fez as voltas de carregamento de caixas de frutas. No fundo da propriedade, além da casa de quarto e sala de Rosalie, havia um pedaço de terra abandonado. Talvez ali fosse um bom lugar (ou o único lugar) para a estufa. Ao mesmo tempo em que Manoela se animou, ela extinguiu o entusiasmo com uma dose de ceticismo. Era mesmo estranho que Enzo lhe fizesse essa proposta. Rosalie achava que ele era sedutor, mas mal se conheciam para Enzo querer ganhar Manoela com um negócio tão caro.

O tempo voou, e Manoela se viu arrumada no jipe, indo ao encontro com o advogado. No centro de Kelowna, engarrafado como sempre, ela seguiu as coordenadas do GPS e estacionou o carro atrás de um prédio comercial de cinco andares. No *hall* de entrada, ela subiu no elevador até o último andar. Procurou o número do escritório: 503. O nome na placa de acrílico dizia, "J. J. Avelar, Advogado". Manoela abriu a porta, e uma senhora sorridente a cumprimentou de trás de um balcão.

"Manoela Marques?"

"Sim."

A mulher apontou para uma cadeira e pegou o telefone, cochichando alguma coisa. Minutos depois, ela levou Manoela para uma sala no fim do corredor. Um homem na casa dos sessenta anos levantou-se da mesa de mogno e estendeu a mão para a cliente. "Prazer, J. J. Avelar. Por favor, me chame de Avelar apenas."

"Muito prazer. Manoela Marques."

O advogado apontou para a cadeira à sua frente. "Fique à vontade." Ele tirou os óculos de grau do bolso do paletó escuro e os colocou. Depois, digitou alguma coisa no computador, enquanto falava. "Li os detalhes da proposta que o Sr. Ricci está lhe fazendo. Gostaria de passar ponto a ponto com a senhora."

"Certo." Manoela se sentiu uma colegial na sala do diretor.

Por uma hora, o advogado repassou os pontos da proposta, respondendo às perguntas de Manoela com tranquilidade. No fim da explicação, ela surpreendeu-se por não ter encontrado nada que lhe causasse preocupação, o que poderia ser um problema também. O advogado estaria ocultando algum ponto importante? "Sr. Avelar, tudo isso aí me parece bom demais para ser verdade. Basicamente, o Sr. Ricci entra com o dinheiro e eu, com o trabalho. Ele não exige exclusividade no uso da estufa, o que é ótimo para minha família. Onde está a pegadinha? Seja sincero."

J.J. Avelar recostou-se na cadeira de couro, cruzou os dedos no tampo da escrivaninha e fixou o olhar em Manoela. "Entendo sua preocupação. Trabalho com a família Ricci há vinte anos. Eu mesmo devo muito ao Sr. Ricci, quando cheguei ao Canadá."

Em um país onde os sotaques eram comuns, Manoela não estranhou o do homem a sua frente. "Português?"

Ele balançou a cabeça, confirmando. "Vim com esposa e filhos. Voltei para a faculdade já com trinta anos. Conheci Gino em uma festa, e ficamos amigos. Quando me formei, ele me arrumou os primeiros clientes." Ele sorriu. "Vejo que seu sobrenome é português também. Conhece Diogo Marques?"

Manoela relaxou. "É meu irmão." O nome do advogado não tinha sido mencionado na reunião de família na noite anterior. "De onde o conhece?"

"Já redigi alguns contratos para ele quando começou o negócio de reformas de casa. Um bom rapaz."

Se Manoela estava decidida a recusar a proposta de Enzo caso se sentisse incomodada durante a reunião com o advogado, ela teria que arrumar outra desculpa. O advogado lhe passava uma segurança que colocava por terra sua decisão inicial. "Diogo ficará surpreso com a coincidência."

Sr. Avelar sorriu. "Chame de coincidência. Eu penso que somos cuidados." Ele olhou para cima, indicando alguém superior.

"Olhando por esse lado, devo concordar."

Quando Manoela entrou de volta no elevador, sentiu-se infinitamente mais leve. Pegando o celular, ela gravou uma mensagem de voz no grupo da família, resumindo a conversa com o advogado. No jipe, ela deu-se ao luxo de sonhar com a estufa e a produção de hortaliças durante o inverno. Com base nos cálculos que ela e Diogo tinham feito, o lucro traria um alívio financeiro para o Pomar Marques e, consequentemente, para a família.

Seria possível que, depois de anos de labuta, Manoela finalmente teria uma chance de ampliar seus negócios? Ela entrou no jipe, fazendo planos para a estufa. Na pior das hipóteses, Enzo se retiraria do acordo, e Manoela venderia suas hortaliças no inverno para outros clientes. Pelo menos, era o que o contrato dizia.

Ela enfiou a chave na ignição, e o celular tocou. Animada, ela tirou o aparelho da bolsa, mas não reconheceu o número.

"Alô."

A voz pouco amistosa se identificou:

"É Gemma."

"Zia Gemma, que surpresa." A mulher nunca ligou antes. Que novidade era aquela?

"Para você deixei de ser *zia*. Não sou sua tia. Que traição é essa?"

O sotaque pesado da mulher indicava irritação extrema. Bem, Manoela sabia que a mulher era ranzinza e parecia perpetuamente zangada. "Traição?" Talvez Gemma tivesse usado a palavra fora do contexto.

"*Sì*. Vai fazer acordo com Enzo. Ele veio para me enterrar."

"Enterrar?" Manoela prendeu o riso. Além de irritada, Gemma adorava hipérboles.

"Estou velha, mas não morri, e se esse *maledetto* acha que vai me tirar a cozinha, está enganado."

Manoela ouviu o clique do outro lado. Fim da ligação. Início de uma grande batalha.

Seu otimismo tinha durado pouco.

CAPÍTULO 9

A voz de Zia Gemma, ou melhor, Gemma para os inimigos, ainda ressoava nos ouvidos de Manoela quando ela estacionou o jipe no pomar. Já com roupa de trabalho, ela desceu do carro e correu para os fundos do galpão, onde Rosalie capinava a horta.

"O que foi, minha linda? A reunião com o advogado foi tão horrível assim? Eu disse para você tomar cuidado com o Dom Juan Ricci." A mulher limpou a testa com o pano encardido, que sempre trazia no bolso frontal do macacão, e se apoiou na enxada.

Manoela balançou o celular no ar. "Gemma me ligou e me chamou de traidora." Em rápidas palavras, ela detalhou o telefonema da cozinheira do Restaurante Ricci.

"Traição? Você não tem nada a ver com o vinhedo da família."

"Não sei o que se passa na cabeça dela, mas agora me vê como inimiga. Foi clara que eu não posso mais chamá-la de *zia*."

Rosalie deu de ombros. "Ela não é sua tia de qualquer forma."

Não era, mas Manoela sabia que só os íntimos e queridos da mulher tinham o privilégio de chamá-la de *zia*. "É a forma dela de dizer que somos inimigas agora."

"Meu conselho: não se meta na vendeta da família Ricci. Deixe que Enzo se vire."

Manoela enfiou o celular no bolso do short, apertou a cabeça com as mãos e soltou um grunhido. "Achava que tudo estava bem depois da conversa com o advogado."

Rosalie bateu no rosto suado e vermelho de Manoela. "E desde quando dirigimos na estrada da vida sem lombadas e buracos?"

"A minha estrada nunca foi recapada. Acho que nem asfalto tem." Manoela levantou a mão em um breve gesto de despedida e voltou para o escritório.

As mensagens de voz dos pais, de Diogo e Isadora eram de encorajamento. Diogo confirmou que conhecia o Sr. Avelar e que ele sempre tinha se mostrado honesto e claro. A animação tinha se esvaído de Manoela como pneu furado. Ela passou algumas horas pesquisando tipos e preços de estufa. Mesmo tendo escolhido uma que atenderia às necessidades, ela continuou apreensiva.

No fim do expediente, Manoela recebeu uma mensagem de Enzo, perguntando como tinha sido o encontro com o advogado. Muito provavelmente ele já sabia qual era a resposta, então Manoela respondeu um breve 'animador', mesmo ela se sentido longe de animada. Com o dedo no teclado, sentiu-se tentada a perguntar de Gemma, mas aquele era um assunto sério demais para mensagens truncadas à distância.

Em casa, Manoela fez um jantar simples para ela e Lucas, que avisou que chegaria em meia hora. Enquanto a massa cozinhava, Manoela tomou um banho e vestiu o macaquinho amarelo de malha. O calor tinha aumentado, e até o tecido mais fino queimava na sua pele. O Vale do Okanagan esbanjava fertilidade nos dias longos de primavera e verão, atraía turistas ávidos por calor depois do longo inverno canadense e impulsionava os negócios nos pomares e vinhedos. Manoela entendia bem o que era trabalhar de sol a sol.

Lucas chegou quando a mãe estava escorrendo a massa e esquentando o molho do pote de vidro. Ele passou por ela, deu-lhe um beijo e avisou que ia se lavar. Logo, mãe e filho estavam sentados à mesa com um prato de espaguete à frente.

"Na Itália, eles cozinham molho feito em casa por até seis horas." Lucas chupou uma longa massa, espirrando molho na toalha de mesa de plástico.

"Esse aí devo ter esquentado por dois minutos." Manoela pensou em Gemma e em como ela passava horas ao lado do fogão mexendo seus molhos. "Eles devem ter tempo de sobra por lá."

"Enzo disse que a culinária é quase uma religião na Itália."

E Manoela tinha cometido uma heresia por intervir na cozinha de Gemma. Agora ela seria questionada pelo tribunal da Inquisição de Zia Gemma. "Acredito."

Lucas tagarelou sobre o que Enzo disse, fez, ensinou e mais uma lista de verbos, e Manoela terminou o macarrão com molho industrializado. Um *plim* no celular desviou sua atenção do filho, que falava e lavava a louça.

A maldição de Zia Gemma desceu sobre você!

Vários emojis de carinhas rindo se seguiram à declaração. Enzo continuou:

Podemos conversar?

Manoela titubeou, mas concordou. Aquele peso da desavença dos Ricci não lhe pertencia. Queria deixar isso claro com Enzo. Depois de trocarem mensagens sobre onde se encontrar, ela optou por um lugar neutro: na orla do Lago Okanagan.

Lucas terminou de lavar a louça e avisou que iria jogar *videogame* com o avô. Ele saiu, e Manoela entrou no carro em seguida, tomando a direção do parque principal de Kelowna. Enzo a esperava no estacionamento. Eles se cumprimentaram e foram até um quiosque pegar um sorvete.

Sentados no banco de madeira de um extenso gramado, Manoela e Enzo aproveitavam seu sorvete e observavam os veleiros que cruzavam o lago sob o céu vermelho fogo do fim de tarde. Tentando manter a compostura, Manoela contou a Enzo sobre o telefone de Gemma.

"Minha *zia* é apavorada com tudo," Enzo explicou. "Ela se sente ameaçada com minha chegada, apesar de eu ter-lhe garantido que não pretendo mudar o cardápio de massas."

Manoela engoliu o último pedaço da casquinha do sorvete. "Dois cozinheiros de calibre em uma cozinha pode ser um desafio."

Enzo inclinou a cabeça, olhou para ela e sorriu. "Obrigado pelo elogio."

Manoela se deu conta que se entregou. Como ela saberia do calibre dele a não ser que tivesse vasculhado a Internet? "Vi alguns artigos sobre seus dotes culinários." Era melhor abrir o jogo.

Ele balançou a cabeça. "Conversei com a *zia* e expliquei os meus planos. Quero que ela faça parte da minha equipe. Suas massas são inigualáveis. São cinquenta anos de experiência misturando, amassando. Um caso de amor entre ela e a farinha."

Ajeitando-se no banco desconfortável, Manoela correu os olhos pelo contorno escuro das montanhas do outro lado do lago. Voltou a olhar para Enzo. "Gostaria que entendesse que não posso entrar em um negócio que pode vir por terra."

"Não virá. Prometo a você."

"Como pode prometer?"

"O que faço vai além de mexer panelas. Tenho muita experiência com gestão de restaurante e pessoal. Zia Gemma é azeda como um limão, mas, se bem tratada, podemos transformá-la em..."

Manoela o interrompeu, "Uma limonada?"

Enzo riu. "Eu ia dizer *limoncello*."

"Isso é uma boa coisa?" Ela inclinou a cabeça, sentindo-se totalmente ignorante sobre a língua e cultura italianas.

"Uma ótima coisa. *Limoncello* é um dos licores mais tradicionais da Itália." Enzo apertou de leve o punho de Manoela. "O que quero dizer é para não se preocupar com a *zia*. Se você aceitar o acordo, vamos produzir pratos incríveis. Conto com sua ajuda."

Sentindo-se mais aliviada, Manoela caminhou ao lado de Enzo pela calçada à beira do lago. Passaram por gente correndo, andando de patinete ou simplesmente caminhando. O sol se pôs e levou parte do calor escaldante. Aproximando-se do jipe, ela tirou a chave da bolsinha de couro e virou-se para Enzo. "Aceito a proposta."

Ele pegou a chave da mão dela e abriu a porta do jipe. Estendeu-lhe a mão, que ela apertou.

"Sócios?" Ele perguntou.

"Sócios."

Manoela voltou para casa com a sensação de que o trecho dessa estrada poderia ser bem diferente de tudo o que já tinha experimentado. Só não sabia definir se para melhor ou pior.

No dia seguinte, Manoela e os pais assinaram o contrato no escritório do Sr. Avelar. Sr. Marques fez várias perguntas, às quais o advogado respondeu com tranquilidade. Enzo já tinha deixado sua assinatura ao lado da de seu pai nas várias folhas de cláusulas. O fechamento do negócio foi comemorado pelos Marques na festa de aniversário de Lucas. A avó fez um bolo, e o tio Diogo, um delicioso churrasco. A animação durou até que a energia dos celebrantes terminou. Era meio de semana, e o trabalho os esperava logo cedo no dia seguinte.

Na cama, Manoela repassou a conversa com Enzo na noite anterior. Como *chef* renomado, ele não jogaria para perder. Sua reputação deveria ser mantida, mesmo que a tia criasse caso na cozinha. De acordo com o contrato,

Manoela não perderia dinheiro. Esperava remuneração do seu trabalho, que dobraria quando o projeto estivesse funcionando.

A noite não foi tão agitada como imaginara.

Acordando com a energia restaurada, Manoela correu para o escritório e fez a compra da estufa e de todos os materiais necessários para o início do plantio das hortaliças. Ela podia visualizar as fileiras de alface de texturas variadas, escarola, espinafre, erva-doce, repolho, tomates multicoloridos, ervas, flores de abobrinha e tudo o mais que Enzo tinha colocado na lista de produtos que usaria em sua cozinha. Até o cheiro Manoela conseguia sentir. Ela sempre sonhou ter uma estufa, mas o aperto financeiro nunca permitira. Tinha chegado sua hora, e a adrenalina correu por suas veias.

Com tudo encomendado, ela concentrou sua atenção na preparação dos produtos para a festa de casamento no Vinhedo Ricci. A lista era longa e exigiria de Manoela grande organização para que tudo saísse de forma perfeita. Não poderia causar uma má impressão em seu sócio.

Pensar em Enzo como sócio era estranho. Dias antes, Manoela nem sabia da existência dele. Agora trabalhariam juntos. Sentada na cadeira, ela a girou de um lado para outro, pensando em como a sociedade se assemelhava a um casamento. Os dois tinham um contrato, os dois exigiam compromisso. Inevitavelmente ela pensou em Mark. Manoela entrou de forma apressada e precipitada no casamento. Sua mãe a tinha alertado de que ele não era o que parecia. A filha ignorou o conselho da mãe de esperar por puro medo de ficar sozinha. Manoela acabou sozinha de qualquer modo e com um filho para criar. A sociedade com Enzo poderia acabar em desilusão caso os planos mudassem de curso.

Agora era tarde demais. Manoela tinha assinado seu nome no contrato e empenhado sua palavra.

CAPÍTULO 10

M anoela beijou o filho e espalhou seu cabelo. "Bom primeiro dia de trabalho."

O rapaz, de mochila nas costas, revirou os olhos. "Parece meu primeiro dia de escola." Ele ajeitou o cabelo castanho grosso, abriu a porta de casa e sorriu para a mãe.

"Nós, mães bobas, celebramos todos os primeiros passos de uma nova etapa na vida dos filhos."

Lucas virou-se e foi pelo caminho de árvores em direção à rua. "Primeiro dente, primeiro passo, primeiro brinquedo..." Ele foi aumentando a voz e recitando os outros 'primeiros passos' que lhe vinham à mente.

"Seu chato. Um dia vai saber." Manoela fechou a porta e riu. *Meu primeiro filho. Único filho.* Ela apertou os olhos com os polegares e respirou fundo. O filho tinha vindo em um casamento fadado ao fracasso, mas Manoela nunca pensou, um segundo que fosse, em não ter Lucas em sua vida. Foi difícil ter passado toda a dor e humilhação que Mark lhe causou, mas uma coisa, a única coisa, que valeu a pena foi Lucas. "Chega de emocionalismo, Manoela." A voz era firme. Ela se repreendia toda vez que deixava seu pensamento a levar para o poço de mágoa.

Manoela tinha colocado uma tampa no poço, mas sempre dava uma espiadinha nele. E não seria naquele momento de se orgulhar de Lucas que ela o faria. Passando na cozinha, ela arrumou a bagunça do café da manhã e correu para o banheiro para se preparar para o dia de trabalho. A empresa de estufas mandaria alguém para tirar as medidas e conhecer a área onde seria instalada.

Sem tempo a perder, Manoela pulou no jipe e foi para o pomar. Do estacionamento ela ouviu o tratorzinho. O som do motor era assustador, como se ele gritasse ameaças de que se aposentaria em breve. Tentou ignorá-lo ao correr para o escritório. Em cima da escrivaninha, ela encontrou uma lista com os produtos para a festa de casamento. Rosalie tinha colocado um ponto de interrogação na frente da abobrinha e do rabanete. Manoela soltou um suspiro. Os dois vegetais não renderam tanto quanto era de costume. Esperava que a quantidade fosse suficiente para o pedido de Enzo. Rosalie cuidaria disso.

Depois do almoço corrido no próprio escritório, Manoela assumiu o controle do trator. Ele sacudia a cada curva, ameaçando soltar cada peça das engrenagens. Entre duas fileiras de pessegueiros, Manoela mandou uma mensagem para o filho, perguntando como estava sendo o primeiro dia de trabalho. Ele respondeu com um meme hilário de um gato lavando louça. A mãe riu e devolveu o celular para o bolso. Uma ideia lhe veio à cabeça, e ela dirigiu o trator até Jorge, pedindo que ele terminasse o trabalho. Saltando do assento, ela correu para o jipe. Mandou uma mensagem apressada para Rosalie, dizendo que voltaria em uma hora, e pegou a *highway*. Lucas iria revirar os olhos quando a visse o esperando na frente do Restaurante Ricci, mas não acharia ruim pegar uma carona.

Manoela abaixou o vidro do carro e deixou o ar quente secar o suor do seu pescoço. Ligou o rádio e apoiou o cotovelo na janela, cantarolando a conhecida música. *Há quanto tempo não me sinto animada assim?* Poderiam julgá-la uma boba, mas estava gostando da ideia da parceria com um dos maiores vinhedos do Vale do Okanagan. Era bom se sentir importante de vez em quando.

Pegando a estrada serpenteada do Vinhedo Ricci, Manoela olhou para o trator novo e reluzente que subia a colina. *Quem sabe posso investir em um trator novo em breve?* Fazer planos não custava nada.

Apesar de ser dia de semana, o estacionamento do vinhedo estava lotado. Ela conseguiu uma vaga no acostamento de terra quando uma caminhonete saiu. Descendo do carro abafado, ela procurou uma árvore e se escorou no tronco. Era melhor não dar muito na vista, ou Lucas ficaria furioso do modo dele.

O movimento na sede do vinhedo era invejável. Clientes de todas as idades entravam e saíam, carregando as compras em refinadas sacolas de papel. A família Ricci primava pelo bom gosto. Até o que tinha aparência rústica exibia refinamento. Signor Ricci trazia sua louça da Itália e se gabava que era pintada por um artista de Verona. Manoela nunca tinha posto os pés na terra de Romeu e Julieta. O mais perto que chegou foi quando fez uma única viagem de família a Portugal.

Um grupo de amigos, homens e mulheres jovens e bem-vestidos, desceu a escada da frente da sede, e Lucas veio logo atrás. Manoela assobiou e acenou para o menino, que imediatamente revirou os olhos.

"Veio buscar seu filhinho na escola? Quer falar com a professora?" O tom de voz dele era bem-humorado.

"Vim fazer um agrado. O sol está de fritar a pele."

Lucas jogou a mochila no banco de trás do jipe. "E quando o verão acabar? Vem me buscar todos os dias?" Ele deu um sorriso maroto.

"Não. Você já é grandinho." Manoela jogou um beijo para ele por cima do capô do carro.

"Decida, mãe, se sou seu filhinho ou grandinho."

"Para mim, é os dois."

Lucas entrou no carro e bateu a porta. Manoela puxou a maçaneta do outro lado, e dedos fortes agarraram seu braço. Ela deu um pulo e se virou para ver de quem era a garra.

"Zia Gemma." Não era uma boa hora para confronto com a mulher de cara enfezada e sobrancelhas grossas quase se encontrando acima do nariz longo.

"Não sou sua *zia*. Vi você chegando. Já está tomando posse da minha cozinha?" A mulher baixinha, de lenço na cabeça, balançou o dedo indicador no ar.

De onde ela tinha tirado a ideia de Manoela tomar posse da cozinha? "Gemma, de jeito nenhum. Só vou fornecer hortaliças para o restaurante. Nada de diferente do que eu fazia antes."

Ela levou as mãos enrugadas à cintura. O avental estava sujo de molho vermelho, mas mais pareciam manchas de sangue. Com uma faca na mão, ela poderia ser presa em flagrante. "Você está dando corda para Enzo."

Alguns clientes passaram e olharam para as duas mulheres. Manoela queria descer a colina rolando. "Estou fazendo meu trabalho. Tenho um negócio também e família para sustentar."

Lucas desceu do carro e foi para o lado de sua mãe. Gemma bateu de leve no rosto dele.

"*Zia*, o que aconteceu?" ele perguntou.

Para espanto de Manoela, a mulher sorriu. "*Bambino*, um problema de adulto."

Uma voz grossa interrompeu a acalorada conversa. "Está tudo bem por aqui?"

Manoela virou-se. Enzo, de uniforme de *chef*, olhava para a tia. A mulher empinou o nariz e saiu pisando duro. Lucas respondeu:

"Zia Gemma estava brava com minha mãe."

Enzo olhou para Manoela, que estava atônita com a reação da mulher. "Peço desculpa pelo comportamento da *zia*. Vamos entrar e beber alguma coisa, uma água?"

"Preciso ir." Manoela abriu a porta do jipe e se sentou. Seu coração estava acelerado e as mãos, tremendo. Nunca tinha tido qualquer desavença com Gemma antes.

Enzo apoiou o braço na porta do carro e abaixou a cabeça à altura de Manoela. "Meu pai sabe dessa hostilidade da *zia*, e hoje à noite vamos conversar com ela. Mais uma vez, peço desculpas."

Manoela apertou o volante com as mãos. "Não é sua culpa."

Enzo olhou na direção de Lucas, que observava a conversa da mãe com o novo chefe. "Você fez um ótimo trabalho hoje. Está de parabéns."

Como se acordasse de um pesadelo, Manoela se deu conta do motivo que a tinha levado ao Vinhedo Ricci.

Ela estendeu a mão e apertou o ombro do filho. "Estou orgulhosa de você."

O rapaz sorriu, abaixou a cabeça e começou a digitar alguma coisa no celular. Manoela agradeceu a Enzo por ter dado o emprego ao filho. "Ele está contente."

"E eu estou feliz por ajudar."

Eles se despediram, e Manoela tomou a estrada de terra para a *highway*. Lucas continuava no celular, alheio à frustração da mãe.

CAPÍTULO 11

Rosalie colocou a abobrinha suja de terra em cima da escrivaninha de Manoela e enfiou as mãos nos bolsos do macacão igualmente sujo. "Está dura como uma abóbora."

Manoela pegou o legume e enfiou a unha em vários lugares. "Dura mesmo. O que aconteceu?" Ela olhou para a amiga e rodou a abobrinha na mão.

"As mangueiras de irrigação não estavam funcionando direito, lembra? Pouca chuva também."

"E o que fazemos?"

"Aumentei a pressão da água. Acho que dá para recuperar as que estão pequenas ainda."

Manoela pegou a lista de produtos para o casamento e bateu o dedo no papel. "Vamos ter o suficiente para o Vinhedo Ricci?"

Rosalie pegou a abobrinha de volta, rodou-a na mão e a colocou no bolso como se fosse uma pistola. "Acho que sim, mas talvez não dê para abastecer as bancas do mercado de produtores."

Deixando a lista na mesa, Manoela se levantou. "Perdemos e ganhamos. A prioridade é a festa."

As duas mulheres saíram em direção à horta, Manoela preocupada com a produção e com o barulho do motor do tratorzinho. Preferiu ignorá-lo, como se isso fosse evitar um problema mecânico maior. Enquanto caminhava por entre as fileiras de legumes, Manoela contou à amiga sobre o confronto com Gemma.

"E desde quando você é culpada de se meter na cozinha dela?" Rosalie empurrou a mangueira de irrigação com a bota.

"Foi essa a minha pergunta. Ela está com ciúme de Enzo e talvez ache mais fácil ter um bode expiatório. Ele foi duro com Gemma. Imagino os dois se bicando na cozinha." Manoela abaixou, empurrou a folhagem de um dos pés de abobrinha e verificou seus frutos.

"Não entre em confronto. Você não precisa de uma inimiga como Gemma. A mulher parece um porco-espinho quando é contrariada."

Manoela riu. A comparação era bem adequada. "E o Lucas continua o xodó dela. É *tesoro mio* para lá e para cá. Ela se esquece que ele cresceu e não é mais o garotinho que corria pelo vinhedo anos atrás."

Rosalie arrancou algumas folhas murchas da planta e bateu no ombro de Manoela. "Então nem tudo está perdido."

As duas mulheres riram e continuaram a inspeção da fileira de abobrinhas. Depois, Manoela foi para o galpão inspecionar as caixas de pêssegos e nectarinas que estavam prontas para distribuição nos mercados locais.

O trabalho dos dias seguintes se intensificou. O céu não mandou chuva, deixando Rosalie por conta de garantir que as hortaliças estavam recebendo água suficiente. Manoela corria do pomar para a horta e depois gastava um tempo no escritório, resolvendo questões administrativas. O pessoal da estufa tinha vindo fazer as medidas e aprovar a área onde ela seria construída. Um item a menos na lista sempre crescente de obrigações de Manoela.

Manoela precisava exercitar o autocontrole, principalmente na frente do filho. Principalmente naquele sábado de grandes planos com ele. Ela colocou uma pilha de roupas encardidas de terra na máquina de lavar e fechou a tampa da máquina. Deu um jeito no quarto e na sala, passando pano aqui e ali. Queria estar pronta para o filho. Lucas voltava do trabalho sempre animado, contando da movimentação do restaurante. Vez por outra, ele soltava alguma informação sobre o constante conflito entre Zia Gemma e Enzo. O menino ficava claramente dividido entre um e outro. Gemma era uma avó postiça para ele. Desde que Manoela acertou um acordo com o Signore Ricci para fornecer produtos frescos seis anos antes, Lucas corria solto pelo vinhedo. A família Ricci tinha um grande carinho pelo menino e cada um a seu modo, eles o mimavam. Zia Gemma o levava para a cozinha e lhe dava pedaços de massa crua para ele modelar, como se fosse massinha. A mulher, que nunca tinha se casado e tido filhos, tratava Lucas como um neto. Donatella dizia que o menino era o único ser humano na face da Terra que conseguia arrancar sorrisos da dura *zia*.

Era difícil para Manoela entender o porquê de ter virado o pivô do conflito entre Enzo e Gemma. Não era possível ser apenas por um acordo de fornecer produtos. Isso seria uma mera picuinha, mas Gemma criou uma contenda desproporcional à questão.

Manoela deu a limpeza da casa por encerrada e correu para o quarto. Ela abriu a gaveta da cômoda e puxou o maiô praticamente novo, apesar de ela tê-lo comprado cinco verões antes. Era uma raridade poder encaixar um pulo à praia do lago, principalmente na companhia de Lucas. Seus passeios com o filho eram sempre corridos ou interrompidos por obrigações de trabalho. Ela sabia que, na idade dele, sair com a mãe não era uma definição de diversão, mas o próprio rapaz andava reclamando da falta de Manoela. Por isso, ele chegou até demonstrar entusiasmo quando ela o convidou para ficarem na praia até o pôr do sol. Manoela ignorou o fato de que ele insistiu em ficarem no lugar onde seus amigos da igreja frequentavam. De qualquer forma, ela não se importava. A turma era bem divertida e a incluía nos jogos de vôlei e passeios de caiaque. Fechando o pote de creme hidratante, Manoela o deixou na penteadeira e pegou a escova de cabelo, arrumando o rabo de cavalo.

Depois vestiu o maiô azul e se olhou no espelho. Seus contornos eram suaves e a musculatura firme de quem pegava no pesado no trabalho, mesmo que sua estrutura fosse *mignon*. As picadas de insetos nos braços eram inevitáveis para quem passava a maior parte do dia ao ar livre, e o bronzeado não ficava a dever a quem passava horas esticado na toalha na areia da praia.

"Mãe, estou pronto," Lucas gritou de algum lugar na casa.

"Já vou." Manoela enfiou alguns artigos de praia na sacola colorida e vestiu o *short* branco. Calçou os chinelos e se deu uma última olhada no espelho. Lembrando-se de alguma coisa, ela abriu o armário e tirou um vestido de malha e roupas de baixo. O dia terminaria na casa de Diogo e Isadora com um jantar em família.

Quando Manoela saiu de casa, Lucas já a esperava no jipe, com os fones de ouvido, cantarolando o *hip-hop* preferido dos amigos da igreja. O dia prometia ser perfeito. O sol ardia, a brisa refrescava. Manoela entrou no carro, sorriu para o filho, que balançava os braços no ar ao som da música, e pegou a avenida na direção da Boyce-Gyro Beach, a praia mais frequentada de Kelowna.

Enquanto Manoela estendia a toalha na areia, Lucas circulava pela beira da água, cumprimentando seus amigos. Nas próximas duas horas, ela e a garotada jogaram vôlei e nadaram. Exausta, Manoela se retirou da agitação e se deitou na toalha com o *e-book* debaixo de uma árvore. Não se lembrava quando tinha sido a última vez que lera um suspense, seu gênero preferido. O último que tinha baixado mostrava apenas dez páginas lidas. Manoela recomeçou a história e deixou-se levar pelo mistério da morte de uma universitária na casa do lago dos pais. Os sons de diversão na praia chegavam aos seus ouvidos, assim como os cheiros dos quiosques que vendiam comida. O dia estava realmente perfeito. Vez por outra, Manoela abaixava o livro e procurava Lucas, que se distraía com os amigos.

Depois de um lanche rápido com o filho em um dos quiosques, Manoela voltou ao livro. O sono chegou devagar, interrompendo uma revelação crucial da trama. Ela se permitiu cochilar e acordou um tempo depois com alguém cutucando sua cabeça. Manoela abriu os olhos devagar e bocejou, olhando para cima com o antebraço protegendo os olhos do sol. Ela focalizou o rosto de Lucas e outro rosto que não reconheceu de imediato por causa da sombra da aba do boné do acompanhante do filho.

"Mãe, Enzo está aqui na praia também."

Manoela esfregou os olhos e se sentou, limpando o canto da boca molhada de saliva. "Ah, oi. O que aconteceu ao restaurante para você estar na praia em pleno sábado?"

Enzo, de bermuda e camiseta, agachou-se ao lado de Manoela. "Fui expulso da cozinha."

Manoela colocou-se de joelho e esfregou a testa. Gemma tinha vencido a batalha? "Como assim?" Um frio lhe subiu pela coluna.

Enzo riu. "Não é isso que está pensando. Meu pai assumiu a cozinha hoje. Disse que é sua despedida antes de viajar. Como ele sabia que se eu ficasse por perto iria dar palpite, ele me mandou passear, literalmente."

"Ufa, que alívio." A perspectiva de um golpe da Zia Gemma resultaria na perda do contrato.

Lucas, que olhava de um para outro, logo correu para a água quando uma mocinha da turma o chamou. Enzo permaneceu agachado e deixando bem à mostra a queimadura na perna, que Manoela pôde observar de perto. Mais uma vez, ele não se deu conta da inspeção. Parecia bem resolvido em relação à grande marca.

"Posso me sentar?" Ele apontou para a toalha.

"Ah, tenho outra aqui." Manoela puxou uma toalha da sacola e a passou para Enzo, que a estendeu ao lado dela.

"A última vez que vim a essa praia eu devia ter a idade de Lucas."

"Muitas andanças?" Manoela colocou os óculos de sol e ajeitou as alças do maiô.

"Muitas." Ele olhou para a água clara à sua frente e de volta para Manoela. "Às vezes sinto que tenho uns sessenta anos."

"Muitos quilômetros rodados, hein?"

"Mais do que gostaria."

De trás da lente escura dos óculos, Manoela examinou o rosto de Enzo. Que tantas andanças ele teria feito por aí para lhe dar um ar de nostalgia e remorso? "Que trechos teria evitado?"

Ele fez um desenho aleatório na areia quente com o dedo indicador. "Os primeiros quilômetros. Foram esses que me desgastaram."

"Entendo bem."

"E você, arrepende-se de ter trilhado algum trecho da sua caminhada?"

Manoela olhou para Lucas chutando água nos amigos. Ele ria e corria, quando um rapaz e uma moça o agarraram e o jogaram no lago. O pior trecho da caminhada de Manoela tinha também lhe dado o melhor deles. "Talvez, mas quando penso no meu filho, tudo valeu a pena."

"Onde está o pai?" Enzo fixou o olhar em Manoela.

Ela engoliu em seco, mas por uma razão inexplicável, não se incomodou com a pergunta. "Quem sabe? Eu prefiro não saber."

Enzo balançou a cabeça. "Não culpo as mulheres que evitam antigos relacionamentos como quem evita a Peste Negra."

Manoela levantou os óculos escuros. "Fala por experiência própria?"

"Eu mesmo fugiria de mim, se pudesse."

"Fugiria ainda hoje?"

Ele balançou a cabeça de forma negativa. "Hoje procuro me encontrar."

Manoela olhou para a queimadura na perna cruzada ele. "Isso é bom, não é?"

"Sim, um resgate de quem eu deveria ter sido. Nunca é tarde."

"Nunca."

Os dois permaneceram em silêncio por um instante. As gaivotas fizeram um rasante na água, deixando algumas crianças extasiadas. Manoela sentia-se à vontade com Enzo, talvez por ter os genes do Signore Gino, sempre tão carinhoso com ela e Lucas.

"E aí?" Enzo apontou para uma *zipline,* que ia de uma torre na beira da água até uma área com enormes colchões flutuantes, uma espécie de *playground* aquático com escorregadores.

Manoela riu. "Nunca fiz *zipline*."

"Há sempre a primeira vez para tudo," Enzo provocou.

Manoela observou o *zipline,* que naquele momento levava um dos amigos de Lucas. Ela se levantou. "Vamos."

Lucas tirou onda da mãe quando a viu na fila. Seus amigos acharam o máximo que uma pessoa mais velha se aventurasse. Manoela se achou a própria anciã. Por causa disso, estava decidida a fazer bonito. Ela olhou para Enzo, que deu uma piscada.

"Vamos mostrar a eles que parecemos velhos, mas não somos," Enzo sussurrou em seu ouvido.

Ela balançou a cabeça, o rabo de cavalo balançando junto. Quando chegou sua vez, o rapaz encarregado de ajudar os clientes deu algumas instruções para Manoela. O coração parecia que saltaria do peito quando ela subiu a escada até o alto da torre. Lá, uma jovem a ajudou a afivelar os cintos com a corda de metal enganchada no *zipline*. Manoela olhou para baixo, e Enzo lhe acenou. Lucas olhava de dentro do lago. Quando finalmente o aparato estava bem preso em seus quadris e pernas, a jovem avisou que ela podia saltar. Um frio na barriga de Manoela a fez duvidar se era mesmo capaz de pular. Aquilo não era nenhum *bungie jumping*, mas a altura era considerável. Dando uns passos para trás, ela tomou impulso e pulou, fechando os olhos. Gritou como se tivesse pulado de paraquedas. No meio do *zipline*, ela abriu os olhos, vendo os colchões à frente. A jovem da torre tinha avisado que Manoela tinha a opção de pular no colchão ou levantar as pernas e cair na água mais adiante. Em um ato extremo de coragem, ela levantou as pernas e se deixou levar, jogando-se em seguida na água gelada.

Ela soltou o corpo e mergulhou, voltando à tona com uma sensação incrível de pura adrenalina. O atendente do brinquedo a puxou de volta para o colchão e soltou os cintos. Manoela agradeceu e nadou até a praia, onde Enzo esperava.

"Você não foi, seu traidor?" Manoela passou a mão pelo cabelo molhado e espirrou o excesso de água no rosto dele.

"Queria ver até o fim. Vou agora." Ele enxugou o rosto e voltou para a fila.

De dentro da água, Manoela e Lucas assistiram ao salto de Enzo. Eles o aplaudiram quando ele chegou de volta a nado. Ainda com a adrenalina correndo em seu sistema, Manoela convidou os dois para umas braçadas no lago. Eles se jogaram e foram nadando em direção às boias que seguravam a corda que demarcava o limite entre a área de banhistas e das embarcações, que cortavam as águas em velocidades variadas. Com braçadas no mesmo ritmo, os três nadadores foram até uma península, onde ficavam dois famosos hotéis. Eles descansaram por uns minutos e fizeram o trajeto de volta. Lucas foi puxado pelos amigos, e Manoela e Enzo se sentaram na faixa de areia, onde as marolas produzidas pelos barcos quebravam.

"Então? Gostou da experiência?" Enzo espalhou o cabelo molhado, que formou cachos bem definidos.

"Viciante."

"Vamos de novo?"

Ela jogou o tronco para trás e apoiou os cotovelos na areia molhada. "Emoção de mais para um dia. Preciso tomar fôlego."

Enzo imitou a posição de Manoela e soltou um longo suspiro. "Valeu a pena meu pai me expulsar da cozinha. Já tinha me esquecido do que é diversão."

Ela virou o rosto para ele. "Foi bom relembrar."

"Em boa companhia, melhor ainda." Enzo deu uma piscada para ela e voltou o olhar para as montanhas.

Por que Enzo não a deixava em alerta como os outros homens que conhecera? A pergunta martelava em sua mente. Tirando Rosalie e sua própria família, Manoela não tinha amigos chegados. Sua vida corrida lhe tirava oportunidades de se envolver com as pessoas da igreja. Além do mais, naquela idade, todos eram casados e tinham filhos mais novos. A dinâmica de Manoela era diferente. No fundo, ela era um peixe fora d'água. Ela riu de sua comparação. Ali, com os pés brincando com as marolas, Manoela se sentiu um peixe largado pelo pescador. A risada foi inevitável.

"Conte a piada." Enzo espirrou água no rosto dela.

Ela lhe contou a comparação que lhe veio à mente. "Cada coisa que passa na minha cabeça quando estou distraída."

"Senso de humor aflorando?"

Manoela se virou para ele. Que homem perderia a oportunidade de usar o exemplo dela para dar uma cantada? Talvez Enzo fugisse do padrão sedutor italiano. Ela relaxou os ombros, jogou a cabeça para trás e riu. "Nem me lembrava de que eu tinha senso de humor."

"Mãe," Lucas se aproximou com o celular na mão. "Tio Diogo está perguntando se não vamos para o jantar."

Manoela levantou-se de um pulo e bateu as mãos no traseiro, retirando o excesso de areia. "Perdi a hora!" Os dias longos de verão bagunçavam o relógio biológico.

Lucas correu para onde Manoela tinha deixado as toalhas e começou a catar as coisas, jogando-as na sacola da mãe. Enzo a acompanhou e vestiu a camiseta e o chinelo. Colocando o *short*, Manoela olhou para ele, enquanto ele esperava com um sorriso. Manoela desejou que o dia fosse mais longo. Desejou companhia dele por mais tempo.

CAPÍTULO 12

"Mãe, vou indo para o carro." Lucas saiu com a sacola no ombro depois de se despedir de Enzo.

Manoela ficou parada na areia, olhando para ele. Sua mente girou e girou. Quando se deu conta, sua boca traiu a razão. "Quer vir jantar com a gente na casa do meu irmão?"

Antes que ela retirasse a pergunta com uma desculpa esfarrapada, ele respondeu que sim. Manoela passou uma mensagem com o endereço para Enzo, que já o colocou no GPS. *Onde estou com a cabeça? Que desculpa vou dar para minha família? Claro, Enzo é meu sócio.* A família Marques precisava conhecer o novo sócio. Ela foi se repetindo as desculpas, enquanto dirigia. Pediu a Lucas que enviasse uma mensagem para Isadora, avisando do convidado inesperado. Isadora entenderia e alertaria a família para que não fizessem um estardalhaço.

Com as costas úmidas e cheia de areia, Manoela entrou no caminho de britas que subia para a casa do Diogo. As janelas refletiam o sol poente. Solitária no topo de uma colina, a casa tinha sido abandonada pela família Marques. Diogo a comprara e reformara com a ajuda de Isadora, quando eram apenas amigos. Manoela conhecia bem a história do irmão e a determinada cunhada. Se eles puderam ser amigos, enquanto reformavam o casarão da tia de Isadora, Manoela também poderia ser amiga de Enzo. *A quem engano?* Ela sabia a resposta: Diogo nunca olhou para a esposa como amiga apenas.

Olhando no retrovisor, Manoela viu uma SUV a acompanhando. Enzo tinha aceitado seu convite com muita naturalidade. Talvez isso indicasse que ele a via como amiga. O que era bom. Manoela precisava de amigos e se sentia à vontade com Enzo.

Os dois carros pararam debaixo de uma árvore. Lucas pulou do jipe e correu para os fundos da casa, de onde vinham vozes e cheiro de carne grelhada. Pogo veio receber Manoela, latindo e abanando o rabo. Isadora chegou em seguida, beijando a cunhada no rosto. Ela se apresentou a Enzo, e os dois trocaram algumas palavras corteses.

Puxando a sacola do jipe, Manoela a levantou no ar. "Preciso de um banho. Trouxe uma muda de roupa."

"Entre pela frente. Levo Enzo para o quintal." Isadora indicou o caminho para o convidado e antes de sumir atrás da casa, olhou por cima do ombro e piscou para Manoela, que sentiu o rosto queimar.

Ela tomou banho no banheiro de visitas e colocou o vestido estampado. Penteou o cabelo e saiu pela porta da cozinha. No *deck* com vista para as montanhas, seus pais e seu irmão pararam a conversa e olharam para ela. A fumaça da churrasqueira subia no ar, e Manoela quis subir e sumir com ela. Isadora jogou uma pergunta aleatória para o grupo, que voltou a conversar.

Lucas atacava um saco de batatinhas, sentado em uma espreguiçadeira. Pogo lambia os farelos que caíam no chão. Enzo estava de pé ao lado de Diogo, e os dois conversavam sobre carnes. Manoela beijou os pais, que estavam beliscando azeitonas de uma variedade de entradas dispostas com bom gosto em cima da mesa de madeira. Isadora aproximou-se da cunhada com um copo alto com água com gás, gelo e rodelas de limão.

"É melhor se refrescar," ela cochichou no ouvido de Manoela. "Seu rosto está vermelho."

Ela pegou o copo, passou-o pelo rosto e tomou um longo gole. "Tomei muito sol."

"Apresentei seu convidado e sócio aos seus pais e a Diogo. Parece que se deram bem."

"Essa parceria é importante para nossa família." Manoela bebeu mais um pouco da água refrescante.

"Sem dúvida." Isadora puxou a cunhada para perto da churrasqueira. "O cheiro está maravilhoso."

"Minha mulher é carnívora." Diogo virou um pedaço suculento de carne na grelha, a fumaça subindo do *deck*.

Manoela, Enzo e o casal conversaram sobre comida. A ignorância de Manoela na cozinha não ficou muito evidente, já que Enzo e Diogo dominaram a conversa. Sua mãe, vez por outra, gritava um palpite culinário e seu pai se ocupava de acabar com os petiscos. O cheiro de carne enlouquecia Pogo, que rodeava a churrasqueira esperando garantir um pedacinho.

Durante o jantar, os sabores explodiam na boca de Manoela. Ela não era boa cozinheira, mas sabia apreciar a boa comida. Diogo ia para a churrasqueira e voltava, trazendo carnes variadas com temperos maravilhosos. Manoela se encheu de orgulho ao ver Enzo, o grande *chef* do Restaurante Ricci, lambendo os dedos e repetindo os pratos. A conversa se manteve em torno de comida, e Enzo contou de algumas mancadas que dera ao aprender a cozinhar com *chefs* renomados. Em nenhum momento ele deu indicação de algo que pudesse explicar sua queimadura. Manoela tinha se esquecido por completo da marca depois que ele se sentou ao lado dela na toalha na praia horas antes.

A noite desceu sobre o animado grupo, e Isadora acendeu o cordão de pequenas lâmpadas que ziguezagueavam no alto por cima do *deck*, parecendo estrelas. Lucas levantou-se da mesa e bateu na barriga, dizendo que estava cheio. Ele chamou o avô para dentro de casa para uma partida de *videogame*. A mãe de Manoela puxou conversa com Enzo e trocou alguns segredos de cozinha. Diogo começou a limpar a churrasqueira, e Isadora anunciou que tinha sorvete na geladeira caso alguém quisesse.

"Não fez uma de suas sobremesas?" Manoela perguntou.

Com uma pilha de pratos sujos nas mãos, ela balançou a cabeça. "Não tive tempo. Com a produção do programa de reforma de casas, fiquei a tarde em reunião."

Enzo levantou-se e pegou os pratos das mãos de Isadora. "Se me permite, posso fazer um docinho."

Diogo desligou a churrasqueira. "Aceitamos. Não é todo dia que temos um *chef* aqui em casa."

Isadora virou-se para Manoela. "Acompanhe Enzo e mostre a cozinha. Vou ajudar Diogo."

Sob o olhar atento da mãe, Manoela levantou-se e indicou o caminho para Enzo. A cozinha era espaçosa. O desenho foi de Diogo, mas Isadora quem escolheu os materiais do piso e da enorme ilha de mármore branco. Enzo deixou os pratos na pia, e Manoela fez um rápido giro na cozinha, mostrando-lhe os utensílios e os ingredientes que poderiam render uma sobremesa. Ele lavou as mãos como um cirurgião que se preparava para abrir o paciente e abriu a geladeira. Enquanto enxaguava os pratos e os colocava na lava louças, Manoela observava a habilidade dele ao bater claras em neve ao mesmo tempo em que acompanhava a evolução das gemas e do açúcar cozinhando em banho-maria.

"O que vai sair aí?" Manoela fechou a porta da lava louças e recostou-se na ilha.

"Um creme de baunilha com suspiro." Ele despejou gotas de claras em neve com açúcar em uma assadeira. Depois cuidou do creme que se formava com as gemas. Com um pano de prato pendurado na cintura da bermuda escura, Enzo andava da pia para o fogão como se sempre tivesse trabalhado ali.

Manoela assistiu à transformação de ovos e açúcar em uma requintada sobremesa. Os gritos animados de Lucas e do avô chegavam à cozinha, arrancando sorriso de Enzo, que mantinha os olhos na decoração do doce com rapas de laranja.

"Agora, vai para a geladeira por uma hora. Não é o ideal, mas é o que dá para fazer em pouco tempo." Ele arrumou um espaço na geladeira lotada de comida e colocou a sobremesa dentro.

"Eu não faria nem um bolo simples nesse tempo." Manoela lavou a louça que Enzo usou, enquanto ele guardava os ingredientes.

Isadora entrou na cozinha e inspirou o ar. "Que cheiro maravilhoso. Vou deixar a cafeteira preparada para quando formos atacar seu doce, Enzo."

Ele puxou o pano de prato da bermuda e o pendurou no gancho ao lado da pia. "Melhor coisa para fechar uma noite memorável."

Manoela desviou-se do olhar da cunhada antes que ela lhe desse uma das piscadas que dera durante o jantar. Se ela fosse sincera, concordaria com Enzo que aquela era, de fato, uma noite inesquecível. Havia muito tempo que Manoela não gastava um tempo de qualidade com a família, e a possibilidade de ter um amigo cooperava para aumentar a satisfação que sentia naquela noite especial.

Lucas apareceu na cozinha e praticamente arrastou Enzo para a sala de TV, dizendo que ele precisava jogar uma partida do *videogame* de conquista da Europa. Passando o braço pelos ombros ossudos do rapaz, Enzo pediu licença às duas mulheres e sumiu no corredor.

Manoela pegou um copo e o colocou no *dispenser* de água da geladeira inox. Sentiu o olhar da cunhada nas suas costas. Com o copo cheio, ela se virou. "Não gosto do seu olhar." Ela levou a água aos lábios.

Isadora deu um meio sorriso. "Reparei que está fugindo de mim. Ou do meu olhar."

Manoela colocou o copo na ilha de mármore e sentou-se na banqueta alta. A cunhada era uma grande amiga. Isadora quase perdera o amor de Diogo por teimosia. Achou em Manoela uma conselheira. Desde então, as duas eram mais que meras parentes. Seu irmão tinha se apaixonado pela esposa logo que a conhecera. Manoela serviu de intermediária quando os dois terminaram o namoro. O reinício do relacionamento acabou em casamento meses depois. Isadora parecia imbuída da missão de arrumar um pretendente para a cunhada, embora soubesse que ela tinha muita resistência em se envolver com qualquer homem por causa do trauma do casamento desfeito e pela preocupação com Lucas. Manoela tinha deixado claro à família que não deixaria homem algum se colocar entre ela e o filho. Preferia o lado da cama vazio.

"Convidei Enzo de impulso," Manoela falou.

"Você nunca age de impulso." Isadora sentou-se na banqueta ao lado da cunhada. "Sei da resistência em encontrar um companheiro, mas Lucas está crescendo. Começou o primeiro emprego e logo estará dirigindo sozinho por aí. Ele não é mais o menino que depende do cuidado da mãe."

Manoela ouviu os gritos graves de Lucas e engoliu em seco. *Meu menino já se foi.* "Esse assunto é muito complicado para mim. Não me vejo mais amarrada em alguém. Tenho meu trabalho, minhas responsabilidades. Encaixar um homem na minha vida pode ser desastroso."

"Desastroso? Que palavra forte." Isadora entrelaçou os dedos em cima da bancada e inclinou a cabeça.

"Gosto da minha casa, do trabalho no pomar, da liberdade de vir aqui ou ir para a casa dos meus pais. Essa é minha vida e gosto dela do jeito que está." Manoela correu os dedos pelas gotas que se formaram no copo.

Isadora balançou a cabeça. "Entendo. Longe de mim querer sugerir o que deve ou não fazer." Ela apertou a mão de Manoela. "Sabe que estamos do seu lado para o que der e vier."

"Eu sei. E com uma família assim, nunca me sinto sozinha."

Enzo entrou na cozinha e correu até a geladeira. "A sobremesa está no ponto."

"Vou fazer o café." Isadora desceu da banqueta e preparou a cafeteira de última geração, que fez um barulho de avião levantando voo.

Manoela viu seu olhar preso no de Enzo, que montava a sobremesa em pratinhos individuais. Ele sorriu, levantou um delicado suspiro, entregando-o a ela. O suspiro derreteu em sua boca, dando um banho adocicado em suas papilas gustativas. Enzo voltou a atenção para a decoração dos pratos, e Manoela se ocupou de pegar as xícaras do armário. A movimentação na cozinha parecia coreografada, e logo os três levavam o café e o doce para a mesa do *deck*. Lucas e o avô apareceram, provavelmente atraídos pelos aromas.

Em torno da mesa, a família e seu convidado saborearam o creme de baunilha com suspiro e o café forte, cada um expressando a satisfação de provar a receita de Enzo. A noite terminou com despedidas e promessas de mais noites como aquela.

Quando Manoela finalmente colocou a cabeça no travesseiro do quarto iluminado pelo luar, ela reviveu cada momento daquele dia inesquecível.

CAPÍTULO 13

A manhã de domingo voou com a correria de chegar à igreja e depois com o almoço apressado de Manoela na casa dos pais. Ela precisava dar um pulo ao pomar e verificar a irrigação das abobrinhas. No dia anterior, enquanto Manoela se divertia no lago e na casa do irmão, Rosalie cuidou da horta. As duas se revezavam nos fins de semana, e aquele domingo era de responsabilidade da dona do Pomar Marques. Lucas teve que trabalhar e saiu bem cedo para pegar o ônibus.

Verificando os pés de abobrinha, Manoela respirou aliviada ao ver a terra úmida. Rosalie tinha consertado as mangueiras entupidas e a água borrifava abundantemente. No escritório, Manoela se ocupou do livro-caixa. Seus pensamentos fugiam com frequência para a noite na casa de Diogo. Quando Enzo se despediu, a família olhou para Manoela, e ela levantou a mão, avisando que não queria ser interrogada. Isadora veio em socorro e mudou de assunto, contando para os sogros sobre o programa de TV que ela e Diogo fariam. Na volta para casa, Manoela teve que ouvir a tagarelice de Lucas: Enzo disse isso e aquilo, jogou assim e assado, fez e aconteceu. A família tinha recebido o convidado de braços abertos, muito mais abertos do que Manoela desejaria. Eram amigos a uma distância segura. Eram sócios a uma distância segura. Os momentos na praia o aproximaram, mas o corre-corre os manteria separados. Era melhor assim.

Um barulho de pneus no chão de terra chamou a atenção de Manoela. Fechando o livro-caixa, ela abriu a porta do escritório a tempo de ver um Mercedes reluzente estacionar ao lado do seu jipe empoeirado. Ela apertou os olhos, tentando ver quem era o motorista atrás do vidro escuro. Quando Manoela abriu a porta, arregalou os olhos. O Signore Ricci, elegante como sempre, veio ao seu encontro.

"Manoela, desculpe-me pela visita inesperada. Na verdade, deixei o Lucas em sua casa na esperança de encontrá-la. Seu filho me disse que você estaria aqui." Ele apertou a mão de Manoela.

"Algum problema com o Lucas no trabalho?"

"Não, não. Eu queria falar com você sobre a questão da Zia Gemma e do restaurante."

Manoela fez um sinal para o homem entrar e se sentar na cadeira rota em frente à escrivaninha. Ela também se sentou. "Estou bastante confusa com isso tudo."

"Enzo me falou que Gemma foi tirar satisfação com você alguns dias atrás. Quero pedir desculpas em nome da família." Signore Ricci fez um gesto com a mão como em prece e abaixou levemente a cabeça.

"Não é sua culpa."

"Zia Gemma acha que é dona da cozinha do restaurante, como você sabe. Com a chegada de Enzo, ela se sente ameaçada, apesar de dizer aos quatro ventos que vai se aposentar. Ela é cabeça dura e não admite qualquer mudança em seu território. Eu nunca representei ameaça para ela porque me ocupava da direção do vinhedo e deixava a cozinha por conta dela. Agora, com minha viagem e Enzo no comando, Gemma teme as mudanças."

"Mas se ela pretende se aposentar, por que fica nesse embate?"

"Na verdade, ela tem medo de parar. Ela diz que gente velha é igual a bicicleta: se parar, cai. Acho que é uma crise que todos nós passamos quando ficamos velhos. Medo de nos tornar obsoletos."

Manoela ponderou sobre aquelas palavras. Seus próprios pais estavam passando por uma crise. Estavam fracos e debilitados, muito diferente da agilidade e produtividade de poucos anos antes. "Entendo. E o que o senhor sugere que eu faça?"

"Não leve a sério as provocações dela contra você. Enzo é grandinho e tem experiência com gente rabugenta," ele deu um meio sorriso, "uma característica da família. Aproveite essa parceria com o Vinhedo Ricci. Você merece expandir seus negócios. Vejo como trabalha. Já nos conhecemos há tantos anos que sinto como se fosse parte da família Ricci. Eu precisava falar com você antes de viajar, deixar claro que tem meu apoio." Signore Ricci se levantou. "Preciso ir. Viajo amanhã cedo."

Manoela examinou o rosto forte daquele homem que tinha sido seu grande apoio nos dias mais difíceis do Pomar Marques. Um nó apertou sua garganta. Uma nova fase se iniciava. Sob nova direção, como diziam os comerciantes. De impulso, ela levantou-se da cadeira e se colocou ao lado do Signore Ricci. Deu-lhe dois beijos estalados nas bochechas. "Obrigada por tudo. Vou sentir saudades do senhor e de Donatella."

Signore Ricci passou as mãos na face. "Finalmente me deu beijos decentes, *cara mia*!" Ele pegou as mãos de Manoela. "Não sofra de saudade. Voltaremos."

Ela balançou a cabeça de forma afirmativa. "Dê um grande abraço em Donatella."

O homem sorriu e foi em direção à porta. Virando-se para Manoela, seu semblante ficou sério. "Poucos anos atrás eu não teria confiado o vinhedo a Enzo. Hoje ele está pronto. Lembre-se de uma coisa: ele é uma pessoa mudada." Com um aceno, o Signore Ricci saiu do escritório e cruzou o estacionamento de terra com seu sapato de couro reluzente. Entrou no sofisticado automóvel e desapareceu na estrada.

Encostada no batente de porta, Manoela viu a poeira subir e depois descer. Um *kairós*, como dizia sua mãe, tinha se fechado. Um tempo de aprendizado, um tempo de experiência, como chamava a Bíblia. A despedida do Signore Ricci era a partida de um pai que tinha cumprido seu dever. Manoela não fazia ideia do que ele queria dizer com Enzo ser uma pessoa mudada, mas ela foi atingida pela convicção de que ela própria tinha mudado. Da mulher insegura, ela sentiu que seria capaz de abraçar essa nova oportunidade, esse novo *kairós* que traria mais crescimento não só para o Pomar Marques, mas para ela também. Uma faísca de expectativa se acendeu dentro dela, dando-lhe energia renovada.

Manoela bateu a porta do escritório e correu para o pomar. Caminhou por entre as fileiras de árvores baixas com seus frutos maduros, inspirando o perfume tão conhecido. Queria se lembrar daquele momento do início do novo tempo em seu ambiente preferido. O que o futuro traria era incerto, mas ela estaria preparada para vivê-lo com intensidade.

Crescimento sem obstáculo não existe, Manoela pensou. Meia hora antes, ela andava pelas fileiras de pessegueiros com intenção renovada de viver o futuro. O presente, porém, já acenava para ela, alertando-a de que os impasses fariam parte do seu preparo. A mensagem de Lucas dizia que ele ficaria no Vinhedo Ricci para o turno da noite também. O acerto era que ele trabalharia com a equipe do almoço. Manoela respondeu a única coisa que uma mãe deveria dizer: VOU BUSCAR VOCÊ MAIS TARDE. A mensagem breve do filho a dispensou: ENZO DISSE QUE ME LEVA PARA CASA.

Enzo disse. Em poucos dias, Manoela tinha ouvido essa frase dezenas de vezes. Durante quatorze anos, Lucas ouvia sua mãe, seu tio, seus avós. Outra voz agora juntava-se ao coro de conselheiros. Seu coração não estava preparado para a intromissão. Manoela tinha combinado com o filho de jogarem seus jogos preferidos de tabuleiro quando ele voltasse do trabalho. Agora as cartas e as peças estavam arrumadas em cima da mesa da cozinha, e a pipoqueira pronta para receber o milho para estourar. Manoela sentou-se na cadeira e apoiou o rosto nas mãos. Distraiu-se olhando para os armários brancos, pensando que as prateleiras precisavam ser forradas. Talvez fosse aquilo: suas folgas seriam preenchidas por tarefas domésticas pendentes.

Desviando os olhos dos armários, Manoela puxou o celular, que estava ao lado da caixa do jogo, e passou uma mensagem para a única pessoa que poderia entender sua solidão: Rosalie. A resposta rápida da mulher a surpreendeu:

Tenho visita para o jantar.

Visita para o jantar? Manoela achou o anúncio peculiar. Rosalie era tão solitária quando ela. As duas compartilhavam qualquer novidade que lhes acontecia. Seria um parente distante, uma nova amizade? Manoela considerou se estava mesmo preparada para o novo *kairós*. Ele tinha começado de uma forma diferente do que imaginara. Mas o que tinha imaginado?

Levantando-se da mesa, ela vasculhou uma caixa no armário do corredor e pegou rolos de papel e fita adesiva. Voltou para a cozinha e começou a tirar a louça. *Fechando o fim de semana em grande estilo*, ela pensou.

CAPÍTULO 14

"Aí Enzo disse que se eu continuar assim, posso lavar os legumes também." Lucas jogou a mochila na cadeira da cozinha e encheu um copo d'água. "Amanhã é minha folga e vou ajudar você e a Rosalie no pomar. Enzo disse que é bom eu conhecer o trabalho da estufa."

Manoela jogou o rolo de papel vazio na lixeira de recicláveis. "Não está abraçando mais do que pode fazer? Você passou o dia todo no restaurante. Precisa descansar."

Lucas pegou a mochila. "Mãe, pare de me tratar como criança. Preciso crescer. Enzo disse..."

Manoela amassou com força os restos de papel que estavam em cima da pia e jogou a bola na lixeira com toda a força dos braços. "Enzo disse, Enzo falou. Só isso que você sabe falar?"

O rapaz arregalou os olhos e soltou a mochila no chão com força. "Quando vai notar que cresci! Você sempre reclamou que meu pai era um desocupado, que nunca cuidou de nós. Acha que quero ser como ele?" O tom de voz ficou mais alto e forte. "Quero ser como tio Diogo, como meu avô. Também como Enzo. Não sei o que tem contra ele, mas ele me ajuda, me ensina e me trata como adulto e não como um menino idiota." Lucas saiu, batendo os pés.

Manoela deu um pulo com o baque da porta fechando com violência. Seus olhos arderam de mágoa e frustração. Ela e Lucas raramente falavam de Mark e quando o assunto surgia, era sempre em momentos de grande tensão e conflito. Encostando-se na pia, Manoela inspirou e segurou as lágrimas. *Patética.* Manoela esfregou os olhos e olhou para a evidência da monotonia do seu fim de domingo: os pedaços de papel restantes da arrumação dos armários. Monotonia que acabara em bate-boca com Lucas. Ela jogou o resto do lixo fora, guardou o jogo dentro da caixa e foi para o quarto. Ouviu o barulho do chuveiro do banheiro do corredor e fragmentos de letras de músicas conhecidas. Lucas cantava alto quando a frustração tomava conta dele.

Manoela se sentiu a pior das mães. De fato, seu filho tinha razão. Rosalie tinha razão. Todos tinham razão: Lucas queria crescer. Tantos homens feitos viviam como adolescentes, encostados em alguém, como no caso dela própria, que sustentara um menino de barba que chamava de marido. Por que então essa resistência dela em permitir o crescimento do filho? A resposta veio como um chicote em sua alma: *tenho medo da solidão.*

O pior confronto era com o da própria consciência. Lucas se acalmaria. Manoela pediria perdão a ele. Seu filho nunca guardava rancor dela. Porém, sua mente apontava o dedo para seu coração inseguro.

Quando o barulho da água do chuveiro cessou com a música do filho, Manoela o esperou no corredor. Minutos depois, ele saiu de calça de pijama, enxugando o cabelo com a toalha. Lucas parou, olhou para a mãe e encaixou-se no abraço que ela oferecia. Manoela sentiu o cheiro do filho. O cheiro não era de talco, mas do xampu que Lucas usava, imitando o gosto do tio Diogo. Os pedidos de perdão vieram facilmente para os dois, e quando Manoela finalmente deitou a cabeça no travesseiro no escuro do quarto, ela fez um acordo consigo mesma de não se colocar entre o filho e seu amadurecimento.

Manoela espiou pela janela do escritório e viu o filho montado na caçamba lotada de caixas de frutas do tratorzinho. Jorge girava o volante da geringonça barulhenta. Lucas acordara de bom humor para acompanhar a mãe ao pomar. Manoela teve que concordar que mão de obra extra naquela segunda-feira era muito bem-vinda. Concordou com Enzo. Lucas precisava aprender coisas novas, e as férias de verão eram o melhor momento.

Rosalie tinha chegado antes da patroa e já se ocupava com a irrigação da horta. Manoela ainda não sabia quem tinha sido o convidado da amiga na noite anterior. A seu tempo, as duas conversariam. Naquela hora, porém,

Manoela aguardava o pessoal da estufa, que chegaria com as compras que ela tinha feito. Jorge aplainara o terreno na semana anterior, e Rosalie contratara uma empresa para instalar canos de irrigação.

Voltando a se sentar no escritório abafado, Manoela focalizou sua atenção à tela do computador, onde trabalhava em uma planilha dos produtos a serem entregues na semana, incluindo os que iam para o Vinhedo Ricci. Tudo parecia em ordem depois que ela fez alguns ajustes para não faltar comida na festa de casamento.

Desde o sábado, em que passara o dia na companhia de Enzo, Manoela não ouviu notícias dele. Naturalmente estava ocupado com a partida do pai e com o trabalho no restaurante. A impressão positiva que ela teve dele permanecia, embora no dia anterior Manoela tivesse se irritado com a influência dele sobre Lucas. Mas ela tinha prometido a si que não seria empecilho entre o filho e sua vontade de crescer. De qualquer forma, ela teve que dar o braço a torcer que gostaria de ter outra oportunidade de encontrá-lo, mesmo que fosse para outro pulo de *zipline*.

O barulho de rodas de carro entrando no estacionamento chamou a atenção de Manoela. Esticando o pescoço, ela espiou pela janela. Ela conhecia aquela SUV vermelha. Ajeitando o rabo de cavalo, ela se levantou e arrumou o *short* encardido e a camiseta. Enzo desceu do carro e olhou ao redor. Rosalie aproximou-se e lhe falou alguma coisa, logo apontando para o escritório. Manoela pegou um espelhinho da bolsa e se olhou, limpando uma mancha de terra da testa com o dedo úmido de saliva. Em seguida, ouviu uma batida na porta. Guardando o espelho, ela abriu a porta.

"Bom dia, Manoela." Enzo mostrou os dentes brancos e alinhados. "Espero não estar atrapalhando seu trabalho."

"Bom dia." Ela fez um gesto para ele entrar. "Foi expulso do restaurante de novo? E dessa vez não foi por seu pai, que já deve estar sobrevoando o Atlântico."

Ele riu. "Eu me dei folga. Ou melhor, para manter a paz na cozinha do restaurante, deixei Zia Gemma no controle."

Manoela puxou a cadeira de frente à escrivaninha para ele se sentar. "Uma boa tática. Vai funcionar?"

Enzo enfiou a chave do carro no bolso da calça *jeans*. "O importante é ir vencendo as batalhas."

Ela se sentou na cadeira atrás da escrivaninha. "Aconteceu alguma coisa para você gastar seu dia de folga aqui no pomar?"

"Não é um bom lugar para se fazer uma pausa da tarefa de picar cebola?"

"Se gosta de trabalhar debaixo de sol capinando, veio ao lugar certo." Ela apoiou os cotovelos na escrivaninha.

"Na verdade, estou curioso com a estufa. Vi a empresa fazendo a instalação no fundo do terreno. Queria saber se posso dar uma olhada."

Levantando-se, Manoela pegou um boné e o colocou na cabeça. "Era o próximo item da longa lista de tarefas do dia. Vamos."

Lado a lado, eles andaram até o fundo do terreno, onde dois homens levantavam a estrutura tubular que se assemelhava a um túnel. Manoela conversou com um deles e apresentou Enzo, que fez algumas perguntas técnicas sobre a estufa. Depois, os dois andaram pela horta, discutindo uma questão ou outra dos produtos que seriam entregues no fim da semana para o casamento.

"E o pomar que leva o nome da sua família? Onde fica?" Enzo colocou os óculos de sol.

Manoela apontou na direção do som do tratorzinho. "Para lá."

Eles chegaram ao fim de uma fileira de tomates, cruzaram uma área de árvores variadas até saírem no pomar. Manoela se viu contando como os pais começaram o pomar e o quanto eles trabalharam para serem reconhecidos em toda a província da Colúmbia Britânica. Falou de quando a horta começou e dos clientes que contavam com o Pomar Marques para abastecer suas lojas.

O barulho do tratorzinho parou por um instante, e Manoela ouviu Lucas chamando o nome de Enzo. O rapaz veio correndo até eles. Manoela notou o sorriso do filho e a recepção sincera do visitante quando Lucas lhe contou que estava ajudando a colher pêssegos e nectarinas. A descontração da conversa entre os dois deixou Manoela constrangida. Como ela podia ter feito uma tempestade em um copo d'água na noite anterior a respeito da influência de Enzo sobre o filho? Lucas estava totalmente à vontade ao receber conselhos do homem sobre quais frutas davam excelentes sobremesas.

"É importante para quem cozinha conhecer a origem dos ingredientes que usa," Enzo falou para Lucas. "Que privilégio você ter uma produção como essa. Valorize tudo isso, valorize o trabalho da sua mãe."

Manoela não esperava se sentir emotiva debaixo do sol de trinta e oito graus com o suor escorrendo por suas pernas. Sua consciência lhe deu uma espetada. Ao ouvir Lucas dizer que planejava ajudar mais a família no pomar, Manoela olhou para Enzo com uma expressão facial de agradecimento. Seu filho voltou correndo para as fileiras de frutas e pegou o enorme cesto com alças, saindo pela fileira de pessegueiros.

Enzo deu dois passos, e Manoela o segurou pelo pulso. Ele se virou. O 'obrigada' saiu como um sussurro dos seus lábios, e Enzo balançou a cabeça em entendimento.

Os dois andaram até o estacionamento, onde ele puxou a chave do carro do bolso. Virando-se para ela, Enzo disse:

"Gostei muito de conhecer o famoso Pomar Marques."

"Voltei sempre que quiser tirar uma folga." Ela riu.

"Na verdade, quero retribuir o *tour*. Venha conhecer minha cozinha, quer dizer, minha e de Zia Gemma."

Manoela nunca tinha entrado na cozinha do restaurante. Para falar a verdade, nunca tinha comido no restaurante. Como sócia de Enzo, seria importante saber o que se passava entre panelas e pratos finos. *Bom para os negócios*, ela tentou se convencer de que o motivo era apenas aquele e não pelo estranho desejo de passar mais tempo na companhia de Enzo. "Aceito o convite."

"Sexta-feira então. E venha de estômago vazio." Ele abriu a porta do carro, entrou e acenou para ela, deixando uma leve poeira subindo no ar ao sair.

Manoela sentiu seu estômago reagir de uma forma peculiar como se uma borboleta batesse asas dentro dele.

CAPÍTULO 15

No meio da semana, a estufa estava montada, e Rosalie marcou seu território ali. Encantada com a novidade, ela chegava mais cedo ao trabalho para preparar a terra para o plantio. Lucas também cooperava. Seu turno de trabalho terminava por volta das três, dependendo do movimento no Restaurante Ricci, e corria para o Pomar Marques.

O tratorzinho resistia em seu chacoalhar constante, e Manoela desistiu de se preocupar com um possível problema. Ao volante, ela carregava as caixas de frutas para o depósito, onde Jorge e o funcionário temporário carregavam o caminhão para levá-lo à cidade para abastecer os clientes.

Faltando meia hora para encerrar o expediente, Manoela foi até a estufa. Lucas esbarrou nela ao sair e disse que ia dar uma verificada na irrigação da horta. Rosalie estava debruçada sobre um dos canteiros que receberia sementes. Manoela aproximou-se da amiga e agachou-se ao seu lado. "O brinquedo novo está divertido?"

Rosalie apoiou o cotovelo na coxa e sorriu. "Uma experiência nova com certeza."

As duas amigas tinham trocado umas palavras no dia anterior. Manoela lhe contou do convite de Enzo. Rosalie a alertou de um possível interesse dele nela, mas Manoela argumentou que ele não dera qualquer indício nesse sentido. A relação dos dois era estritamente profissional, ela insistiu. O fato de Manoela estar constantemente pensando em que roupa usaria na visita ao Restaurante Ricci na sexta-feira não tinha nada a ver com interesse pessoal. Suas opções no guarda-roupa eram limitadas, e Manoela tentou justificar que daria um pulo ao *shopping* depois do trabalho apenas porque lhe devia um presente de aniversário. Isadora tinha lhe dado um cartão-presente, que estava rolando na bolsa fazia um mês. Por que não o gastar com algo bonitinho para vestir?

"Vamos ao escritório definir o que plantamos em cada canteiro," Manoela disse.

Rosalie se levantou e bateu as mãos sujas nas pernas do macacão. "A irrigação está funcionando bem. Lucas insiste em ajudar."

No escritório, Manoela fez um esboço dos canteiros e discutiu com Rosalie onde cada planta ficaria. Com tudo resolvido, a mulher mais velha olhou para o relógio de parede e disse:

"Vou sair mais cedo para dar um pulo à casa do Josias."

Manoela sorriu. Josias era o misterioso convidado de Rosalie no domingo anterior. Ele era dono de lojas de hortifrúti na região e tinha perdido a esposa anos antes. "Está ficando sério, hein?"

"Onde já se viu? É nosso segundo encontro." Rosalie levou as mãos ao rosto corado.

"Mas vocês já se conhecem há um ano pelo menos." Manoela girou a cadeira de um lado para o outro.

"Relação profissional. Ele é nosso cliente. E por falar em cliente, sexta-feira está chegando. Preparada?"

"Para quê? Para me encontrar com um cliente?" Manoela riu.

"Ahã."

As duas mulheres caíram na risada, embora Manoela tenha se apressado em confirmar a relação profissional com Enzo.

Com o dia de trabalho terminado, ela foi para casa com Lucas. Tomou banho e saiu novamente para gastar o cartão-presente da cunhada. Manoela rodou e rodou no *shopping* e acabou escolhendo um tubinho branco com flores azuis e um par de sandálias de salto, mas não tão alto que a impedisse de se movimentar com conforto e segurança. Para quem sempre andava de tênis, salto alto era um desafio. Satisfeita, Manoela voltou para casa a tempo de jogar com o filho uma partida do jogo de tabuleiro, que tinha ficado em cima da mesa desde o domingo.

Quando finalmente ela se trocou para dormir, seus olhos se fixaram no vestido novo pendurado na porta do armário. A borboleta que tinha voado em seu estômago dois dias antes voltou com outras companheiras. Manoela soltou um grunhido, pegou o cabide com o vestido e o colocou dentro do armário, fechando a porta em seguida.

Apesar dos protestos do motor do tratorzinho e das mangueiras de irrigação que entupiram novamente, a semana de Manoela terminou. As entregas estavam em dia, embora as contas a pagar se acumulavam em cima da escrivaninha. O sufoco financeiro seria aliviado com o funcionamento da estufa, o que levaria alguns meses. Nada era em vão, no conceito de Manoela, ao tentar se animar repetindo que dias melhores viriam.

Depois de ouvir os conselhos de Rosalie para manter uma certa distância de Enzo, Manoela foi para casa se arrumar. O vestido branco com flores azuis estava pendurado na porta do armário quando ela saiu do banho. Enrolada na tolha, Manoela cogitou colocar uma roupa sóbria, que lhe desse um ar profissional. A saia justa preta e a camisa creme cairiam bem. Porém, em um ato que Rosalie classificaria de imprudente, Manoela colocou o vestido e gastou um tempo na maquiagem. Não que quisesse exagerar na sombra e no batom, mas simplesmente porque não tinha prática. Olhou uns tutoriais na Internet antes de se aventurar para o mundo dos cosméticos.

Lucas enfiou a cabeça na fresta da porta e disse que a mãe estava ficando bonita. Meia hora depois, ele voltou e perguntou por que as mulheres levavam tanto tempo para se aprontar. Manoela não respondeu com medo de machucar o olho com o aplicador da máscara para cílios. O filho avisou que iria para a casa dos avós.

O batom vermelho ficou forte demais. Manoela olhou-se no espelho e sentiu uma grande vontade de lavar o rosto. O que estava fazendo? Molhando um lenço de papel, ela tirou o batom e aplicou um *gloss* rosa claro. Melhor.

Finalmente no jipe a caminho do Vinhedo Ricci, Ela colocou uma música tranquila e aquietou sua agitação. Que motivo tinha para estar tão afobada? Era verdade que temia um confronto com Gemma, mas Enzo tinha entrado em um acordo com a tia, que parecia estar funcionando. Talvez fosse o desvio da sua rotina, pois Manoela vivia para o trabalho e para a família. Um jantar em plena sexta-feira à noite, tempo que ela tirava para arrumar casa, lavar roupas e fazer uma visita aos pais, era uma grande novidade.

Na curva seguinte, ela avistou a sede do Vinhedo Ricci, imponente no alto da colina. As luzes do casarão de altas janelas brilhavam como faróis no mar escuro. Manoela deu seta e entrou na estrada íngreme. Como sempre, teve dificuldade de encontrar uma vaga no estacionamento e acabou deixando o carro inclinado no acostamento da estrada. Com as pernas bambas, tentando se equilibrar no salto da sandália, ela cruzou o jardim. Pegou a calçada e dobrou à direita, logo vendo a entrada do Restaurante Ricci. Alguns clientes saíram pela porta de vidro, seus rostos mostrando a satisfação dos momentos gastronômicos.

A jovem alta de saia justa e camisa branca da recepção sorriu para Manoela e perguntou se ela tinha reserva. Ela respondeu que tinha uma reunião (quase falou encontro) com Enzo Ricci. O tom foi profissional para não deixar dúvidas de sua intenção. *Como se a recepcionista tivesse alguma coisa com isso*, Manoela se criticou.

O sorriso da jovem passou de plastificado, de alguém que ganhava para sorrir, a genuinamente sincero. "Venha por aqui. Sua mesa está pronta."

Manoela seguiu a recepcionista pelo enorme salão com lustres modernos pendendo do teto de vigas expostas e clientes ruidosos até ao varandão em L, que parecia flutuar sob o vinhedo. As mesas do varandão eram menores e pareciam ter sido reservadas a casais apaixonados. Ou foi a impressão de Manoela quando se sentou e observou os sorrisos e olhares dos homens e das mulheres que comiam em pares. A recepcionista lhe disse que alguém já lhe traria uma bebida e saiu discretamente. Manoela olhou para a colina abaixo. Mal se percebia o vinhedo, mas ela podia ver as luzes da cidade bem distante no horizonte montanhoso.

Um simpático garçom com um sotaque desconhecido cumprimentou Manoela e lhe serviu água com muito gelo e uma cestinha com pedaços irregulares de pães de várias cores e texturas. O cheiro subiu até suas narinas e seu estômago roncou. Sua última refeição tinha sido um sanduíche no almoço. Enzo dissera que ela viesse com o estômago vazio, e ela foi fiel à sugestão. O garçom saiu, deixando Manoela na companhia da brisa e dos aromas variados que vinham de dentro do restaurante.

"Boa noite." A voz grave veio por trás dela.

Manoela levantou o rosto e deparou-se com o sorriso de Enzo. De uniforme preto de *chef*, ele era a própria imagem da autoconfiança. Puxou a cadeira de frente à Manoela e se sentou.

"Boa noite. Obrigada pelo convite. Nunca tinha vindo aqui. Quer dizer, vim, mas não comi." *Se está nervosa, fale o menos possível para não parecer uma colegial sem sofisticação,* ela se repreendeu.

"Então prepare-se para uma experiência gastronômica. Para minha parceira nesse novo projeto, só o melhor." Ele fez um sinal para o garçom, que trouxe uma garrafa de vinho branco e duas taças.

Enzo fez todo o ritual de sentir o buquê do vinho e de prová-lo, aprovando a bebida, que foi servida com requinte pelo jovem garçom. Manoela não entendia qual era a razão de fazer toda aquela cerimônia. Nunca tinha visto alguém devolver um vinho por não ter gostado do cheiro. Parecia um desperdício. E quem pagaria pela garrafa aberta e não consumida? Bom, não era hora de fazer perguntas e entregar sua falta de sofisticação. De qualquer forma, ela fez um brinde quando Enzo levantou a taça, tomando cuidado para não bater sua taça na dele. Ela tinha ouvido falar que gente fina só levantava a taça discretamente. Verdade ou não, ela preferiu seguir seu instinto.

Manoela bebericou o vinho, tomando cuidado para se limitar a goles pequenos para não cair no sono. "Estou curiosa com essa experiência." Ela olhou de um lado para outro. "Gemma está por aí?"

Enzo soltou uma risada. "Sob controle, fazendo *orecchiette*."

Manoela deduziu que era um tipo de massa. "É complicado o suficiente para ela ficar distraída a noite toda?"

Enzo riu de novo. "Seu senso de humor é ótimo. Vai ficar distraída. *Orecchiette* é uma massa que parecem pequenas orelhas, tradição da região da Puglia, sul da Itália."

"Quantos tipos de massa os italianos inventaram?" Ela girou a taça de vinho nos dedos, sentindo seu frescor.

"Centenas, e algumas têm nomes diferentes dependendo da região."

Manoela levou o indicador ao queixo e levantou os olhos como se fizesse algum cálculo complicado. "Então podemos distrair Gemma por horas."

"Ou dias, semanas e meses."

"Olhe só quem também tem senso de humor."

Enzo levantou a taça em outro brinde. "Um brinde ao humor. A vida fica mais leve assim."

Manoela não era conhecida pelo humor (talvez pelo sarcasmo), mas estava gostando da ideia de passar essa impressão para Enzo, seu sócio. Pedindo licença, ele saiu, dizendo que já voltaria. O garçom sorridente voltou com alguns petiscos. Manoela pensou em esperar por Enzo, mas os cheiros eram tão tentadores e seu estômago tão vazio que ela pegou um pedaço de pão e o enfiou em um dos patês quentes. O gosto da pasta de azeitona a levou ao céu dos sabores. Ele se misturava ao sabor de nozes e outros ingredientes que Manoela não identificou, mas não se importaria se lhe dissessem que era fígado de ganso ou outra coisa que ela teria rejeitado no passado. De um petisco a outro, ela desejou que a refeição se restringisse a eles. Quem precisava de prato principal quando os sabores presentes naquela mesa explodiam na boca?

Enzo pegou Manoela lambendo os dedos e soltando gemidos de prazer. "É o melhor elogio que um cozinheiro poderia receber."

Pegando o guardanapo do colo, ela limpou os lábios e os dedos, sentindo o rosto esquentar. "Eu deveria ter me lembrado dos bons modos e usado palavras para agradecer."

"De jeito algum! Gostei do que vi e ouvi."

Manoela desejou pegar o gelo do copo d'água e passar no rosto, mas permitiu que a brisa a refrescasse. "É melhor me avisar quantos pratos vamos comer para eu guardar espaço."

Enzo deu de ombros. "Não planejei nada. Precisei ver sua reação para decidir o que lhe oferecer. Acho que sei. E esqueça de se policiar; coma como quiser, o quanto quiser. Você dá o ritmo, e eu a sigo."

Entre idas e vindas de Enzo, Manoela provou uma enormidade de pratos: massas, molhos, peixes, verduras, legumes. Seu estômago parecia barriga de mulher grávida, que ia se expandindo e expandindo. Sem perceber, ela passou três horas consumindo as receitas de Enzo e Gemma. Ele não a acompanhou em todos os pratos, mas fez questão de contar histórias de cada um deles. A experiência foi gastronômica e cultural, e ao fim do jantar, ela já sabia várias palavras italianas.

Os clientes do restaurante foram saindo, restando apenas alguns casais e Manoela, que esperava pela sobremesa e pelo café. Enzo apareceu com dois pratos retangulares e compridos, cada um contendo pequenas amostras de doces. Ele tirara a camisa de *chef*, deixando apenas a camiseta preta. Era seu sócio que a acompanhava. Enzo não saiu mais da cadeira. Cada um com uma colher, eles comeram os doces bem devagar. Manoela deixou a delicada *panna cotta* derreter na boca. Ela fechou os olhos e emitiu os mesmos sons de prazer que tinha emitido com o patê de azeitonas. Quando ela abriu os olhos, Enzo lhe sorriu.

"Nunca comi tanto em uma única refeição na vida." Ela limpou os cantos da boca.

"Fico feliz que seguiu meu conselho de vir com o estômago vazio." Ele estendeu a mão por cima da mesa.

Manoela olhou para a mão, sentindo-se confusa. Lentamente levou a sua à dele e a apertou.

"Selamos a sociedade no papel, mas esse é o momento ideal para celebrarmos o acordo."

Por alguns momentos, as mãos ficaram apertadas em cima da mesa. Foi só quando o garçom reapareceu para tirar os pratos, que Manoela puxou a sua. Àquela altura, o restaurante estava praticamente vazio. "Obrigada pela experiência *gourmet*." Ela se levantou e Enzo correu para puxar sua cadeira.

Manoela ajeitou o vestido e pegou a bolsinha da outra cadeira. "Vou andando. Já tomei muito o seu tempo."

"Sócia, sua visita ainda não terminou."

Manoela não soube interprestar a expressão dele à luz dos poucos lustres que ainda estavam acesos. O que ele queria dizer com a visita não ter terminado?

De repente as borboletas no estômago voltaram, competindo por espaço com os manjares que Enzo lhe servira.

CAPÍTULO 16

"O que é uma visita ao Vinhedo Ricci sem um passeio noturno pelos corredores de uvas?" Enzo dobrou o braço, convidando Manoela a enganchar o seu.

Timidamente ela tomou o braço dele e se deixou levar para fora do restaurante. No estacionamento, apenas alguns carros e o seu, parado no acostamento inclinado. Enzo a levou para o fundo do prédio da sede, onde o grande vinhedo começava. Manoela enfiou o salto em um buraco no gramado e sentiu o braço de Enzo a estabilizando.

Os dois caminharam pelo gramado e chegaram a uma das dezenas de fileiras de vinhas. Com dificuldade, Manoela leu a placa na entrada do corredor de folhas e uvas: *Cabernet Sauvignon*. Seu conhecimento de vinho se restringia a saber que aquele era um tipo de uva, assim como *Pinot Noir*, *Merlot*, *Shiraz* e *Malbec*. Para quem vivia na região dos grandes vinhedos do Canadá, Manoela se considerava uma analfabeta enóloga. Entretanto, ela admirava quem conhecia vinhos e mantinha uma tradição de tempos bíblicos.

Enzo a conduziu pelo corredor, mostrando-lhe os cachos de uva e explicando sua origem e sabor. Manoela ficou impressionada com a riqueza das histórias e concedeu um valor maior aos produtores de vinho da região. Por um momento, ela puxou o braço de Enzo e parou. A iluminação feita pela lua e por alguns postes ao longo do vinhedo chamou sua atenção para os finos troncos retorcidos da planta. Abaixando-se, Manoela passou a mão no caule e depois em um cacho de uva.

"São perfeitos," ela disse.

Enzo agachou-se ao lado dela. "Precisam ser constantemente podados."

Ela olhou para ele, a mão tocando as folhas. "Muito trabalho, não é?"

"Muito, mas fazemos com amor. O vinicultor ama sua vinha, podando-a. Assim conhecemos seu verdadeiro amor: 'Eu sou a videira e meu pai o agricultor'."

Manoela olhou para ele e inclinou a cabeça. Esperaria tudo de Enzo, menos um verso bíblico jogado na conversa. "A poda dói."

"Muito." Ele se levantou e estendeu a mão para ela, ajudando-a a se colocar de pé.

A caminhada continuou em silêncio por um instante. Manoela tinha sido podada algumas vezes, mas queria saber da experiência de Enzo. Sócios conversavam sobre questões pessoais e espirituais?

"Houve um tempo," Enzo finalmente disse, "em que meu destino seria a fogueira porque eu era um ramo improdutivo. Não só isso, espalhava praga. Certa vez, uma das nossas vinhas deu uma praga terrível. Meu pai chegou a pensar em queimar parte do vinhedo. Foi logo no início do vinhedo, e ele tinha pouca experiência. Hoje associo a história que ele conta à minha vida no passado."

Manoela enfiou o salto em outro buraco e parou. Enzo olhou para ela, abaixou-se e puxou seu pé, limpando o salto com os dedos. Ela ficou paralisada, mal acreditando que ele se importasse com sua sandália. Ou com ela própria. Ele se levantou e bateu a mão suja na calça preta. Ofereceu o braço para Manoela, que o pegou novamente. Continuaram a caminhada pelas fileiras de vinhas.

"Você arrumava muita encrenca no passado?" Manoela empurrou uma folha que se projetava da vinha, tirando-a do caminho.

Enzo riu. "Mais do que pensa."

"E o que mudou?"

"Um banho de água fervendo e meu amigo Ebele."

A queimadura na perna, Manoela pensou. "Onde está seu amigo agora?"

Os dois saíram do túnel de vinhas e cruzaram o gramado de volta à sede, onde Enzo a levou ao varandão, que já estava fechado ao público. Do parapeito de pedras ornamentais, Manoela viu as luzes da ponte suspensa sobre o Lago Okanagan, que parecia uma árvore de Natal. O vento do topo da colina soprava morno em seu cabelo, que balançava gentilmente. Manoela apoiou os cotovelos no parapeito, soltando um leve suspiro de alívio por poder alongar as pernas cansadas da caminhada de salto. Enzo se encostou ao lado dela e cruzou os braços.

"Ebele está em Montreal. Ele foi meu mentor por muitos anos e quem me ensinou a base da gastronomia e da culinária. É uma espécie de padrinho." Enzo olhou para Manoela, o rosto sério.

"Vocês se veem ainda?"

"Por um tempo, viajei pela Europa e ficamos afastados, apesar de nos falarmos com frequência. Agora que voltei para o Canadá, estamos a milhares de quilômetros de distância. Ele é muito ocupado, e o restaurante dele toma muito tempo."

O celular de Manoela vibrou na bolsa. Abrindo o zíper, ela olhou uma mensagem de Lucas, dizendo que ia para cama. Manoela quase deu um pulo quando viu as horas. "Não me dei conta de que já passa da meia-noite. Preciso ir."

"Medo do carro virar abóbora?" Enzo desencostou-se do parapeito.

Manoela sorriu. "Não, mas logo vou virar bruxa. O sono me deixa azeda."

"Então vou acompanhar você até o carro. Quero continuar com a impressão de que é a Cinderela." Ele tocou de leve nas costas dela e a direcionou à escada.

O salto que seu coração deu a pegou de surpresa. Enzo era gentil de uma forma despretensiosa e natural, algo que Manoela não tinha experimentado fora do seu círculo familiar. Se Enzo tinha sido um criador de caso no passado, certamente era outra pessoa no presente.

Aproximando-se do jipe tombado no acostamento da estradinha, Manoela apertou o controle e destravou a porta. Enzo foi rápido e a abriu. Estendendo a mão para ela, ele disse:

"É um prazer fazer negócio com você, Manoela Marques."

Confusa e com o coração saltando algumas batidas, ela estendeu a mão de volta e a apertou. "Igualmente, Enzo Ricci."

Na estrada de volta para casa, ela repassou a cena de Enzo estendendo-lhe a mão, deixando claro que aquele tinha sido um jantar de negócios. *E o que você esperava?* ela se perguntou. Talvez devesse ter usado a saia preta e a camisa branca. Talvez devesse ter levado uma prancheta para tomar nota da reunião.

"É um prazer fazer negócio com você?" Rosalie mordeu uma vagem crua que tinha acabado de tirar do canteiro. "Ele falou isso? Assim?"

"Exatamente essas palavras." A despedida de Enzo na noite anterior ainda ressoava nos ouvidos de Manoela àquela hora da manhã, enquanto fazia uma vistoria na horta em pleno sábado de sol.

"Bem," Rosalie jogou o talinho da vagem no chão, "melhor assim. O que você esperava afinal?"

As duas mulheres caminharam por entre os canteiros e, vez por outra, puxavam uma folha seca ou murcha. Manoela deu de ombros. "Um jantar para nos conhecermos."

"Conhecer em que plano? Da amizade, do romance ou do trabalho?"

"Verdade. O que eu esperaria? Somos sócios, não é?"

"Você que está dizendo isso. Gostaria que fosse algo mais?"

"Acho que Enzo daria um bom amigo."

Rosalie soltou uma de suas risadas que podiam ser ouvidas do outro lado da estrada. "Amizade com homem? Impossível!"

"Não acho."

"Então me dê um exemplo de amizade assim que funcionou?"

Manoela não tinha um exemplo. "No momento, não tenho."

Segurando a amiga pelos ombros, Rosalie ficou séria. "Olhe, sei que você dedicou os últimos dez anos ao trabalho e a Lucas. É uma mulher de fibra e caráter. É natural também que se sinta só, ainda mais agora com seu filho começando a criar asas. Você não conhece Enzo. Por mais que o Signore Ricci seja um homem de boa índole, não significa que o filho seja também. Peço que tome cuidado."

Manoela balançou a cabeça. "Tem razão. Além do mais, não quero estragar nossa parceria. Negócio é negócio." Ela verbalizou aquilo em voz alta, mas, silenciosamente, seu coração protestou.

O sábado, que tinha começado com sol, terminou com chuva. Manoela e Lucas jogaram algumas partidas de jogo e, no fim da tarde, ele saiu, dizendo que iria se encontrar com os amigos na igreja. Manoela cuidou da casa e, com tempo livre, pegou um livro e se aconchegou no sofá da sala com uma bacia de pipoca. Aquela noite era o claro contraste com a noite anterior. Em vez do suntuoso jantar, ela roía os grãos do fundo da bacia cheia de sal. Em vez do passeio pelo vinhedo sob o luar, ela lia a mesma página pela quarta vez sob a luz do abajur. Em vez da companhia de Enzo, ela estava acompanhada de um coração que protestava contra a solidão.

E a noite de domingo não foi muito diferente.

CAPÍTULO 17

Manoela assinou a folha que Jorge lhe entregou e verificou uma informação no computador ao seu lado. "Faça a entrega do Vinhedo Ricci primeiro. Quero ter certeza de que todos os produtos para a festa de casamento cheguem frescos." A última coisa que Manoela precisaria naquela semana que começava cheia de pepinos metafóricos era receber um bilhete de Gemma dizendo que os maços de cheiro verde não prestavam.

Jorge pegou o papel de volta e fez um sinal de continência, rindo em seguida. "Só vou passar no posto para abastecer o caminhão e já vou. Lucas pediu carona."

Balançando a cabeça em entendimento, Manoela voltou a atenção à tela, e Jorge saiu. Mal dava para acreditar que três dias se passaram desde o fim de semana monótono. Monotonia, porém, era um conceito desconhecido de Manoela nos dias de trabalho. O tratorzinho continuava passando de lá para cá com suas ameaças de se aposentar. De uma certa forma, ele lembrava muito Zia Gemma, que reclamava de tudo, mas se mantinha firme em suas obrigações. Manoela esperava que tanto a geringonça quanto a rabugenta cozinheira lhe dessem uma trégua.

De volta ao computador, ela fez pagamentos de contas e acertou as próximas entregas da semana. Boa parte dos produtos frescos já tinha sido entregue ao Vinhedo Ricci para a festa de casamento que aconteceria em dois dias. As hortaliças mais sensíveis seriam colhidas e levadas na véspera do evento. Com Rosalie responsável pela colheita, Manoela poderia relaxar, pelo menos nesse item.

O celular avisou de uma mensagem e Manoela o puxou pelo tampo da mesa, desviando-o de papéis, clipes e canetas. Era Enzo. Ela passou os olhos pela mensagem e respondeu prontamente, avisando que o caminhão estaria no vinhedo na próxima hora. Ele agradeceu.

Negócios. Era disso que eles tratavam nas mensagens que se seguiram ao jantar de "negócios" no fim de semana anterior. Manoela tinha guardado seu vestido branco com flores azuis no fundo do armário, juntamente com qualquer noção de que a noite agradável no restaurante tinha sido um encontro além do profissional. Era melhor dessa forma. Manoela se achava uma mulher bem resolvida e apreciava sua própria companhia e de sua família. Um relacionamento amoroso àquela altura da vida seria mais complicado do que começar um projeto novo no pomar, como o da estufa. Assim como plantar verduras e legumes, relacionamentos exigiam muito cuidado para dar frutos. Havia os contratempos de mudanças climáticas bruscas e ataques de pragas. Manoela tinha experiência em solucionar os problemas causados pelo tempo ou pelo pulgão, mas sua habilidade em lidar com um namorado ou marido já tinha se mostrado desastrosa. Ficaria com as chuvas de granizo e gafanhotos.

No meio da tarde, depois que Manoela respirou aliviada quando Jorge avisou que tinha entregado as caixas de legumes ao *chef* Enzo, ela pôde se concentrar no preparo da terra da estufa. Seguindo a sugestão de Rosalie, Manoela decidira começar a semeadura na semana seguinte, após o estresse do casamento.

Puxando um grande saco de material orgânico, Manoela o abriu e passou a misturar o nutriente à terra. O trabalho durou a tarde toda e, ao colocar as mãos sujas nos quadris, ela sorriu, satisfeita com o resultado.

"Por que não esperou para eu fazer isso?" Rosalie, de luvas de jardinagem e o rosto encardido, colocou-se ao lado da amiga.

"Muita papelada essa semana; precisava me distrair."

"Jorge avisou que já fez a entrega ao vinhedo." A mulher tirou as grossas luvas e as enfiou no bolso frontal do macacão.

"Agora só faltam as hortaliças. Mal acredito que conseguimos cumprir o prazo." Manoela enxugou a testa com o antebraço.

"Vamos para o escritório. Preciso esticar as pernas e beber água que não seja da mangueira." Rosalie riu alto e saiu na frente de Manoela em direção ao escritório.

Sentadas uma de frente à outra, as duas mulheres se atualizaram do trabalho daquele dia, enquanto bebiam água gelada de suas garrafinhas. O tratorzinho passou perto da janela, e Manoela apenas balançou a cabeça.

"Notei alguma coisa diferente em você nesses últimos dias. Desabafa." Rosalie fixou os olhos na amiga e deu um grande gole de água.

"Expectativa das entregas da semana." Manoela rodou a garrafa úmida nas mãos.

"Expectativa de saber mais de Enzo? De seus tempos de arruaceiro?"

Manoela tinha contado à Rosalie sobre a conversa que teve com ele no vinhedo. A curiosidade de saber como ele se transformou com a ajuda do amigo Ebele a corroía. "Confesso que pensei sobre isso, mas decidi que é melhor eu focar no relacionamento profissional. Não preciso de distração nesse momento da minha vida."

Rosalie apoiou os cotovelos na escrivaninha e inclinou o corpo para frente. "Você é uma mulher e tanto. Olhe só o que conquistou." Ela fez um giro com o dedo no ambiente. "E ainda criou um filho maravilhoso."

"Aonde quer chegar?"

"Não precisa de homem para se sentir completa."

"Eu nunca disse isso."

"E admiro você. Porém..." Rosalie fez uma pausa e se recostou na cadeira. Permitiu que uns segundos passassem.

"Porém?" Manoela tinha a impressão de que iria se surpreender com a resposta da amiga. Ninguém que passou pelo que Rosalie experimentou saía do outro lado do túnel escuro sem sabedoria de vida.

"Não é errado buscar um companheiro."

Manoela inclinou a cabeça. Esperava mais da amiga. "Sei."

Ajeitando-se na cadeira, Rosalie deixou a garrafinha de lado. "É bom serem dois — isso porque comi o pão que o diabo amassou com meu falecido marido. Você passou pelo mesmo. Não significa que esse seja o padrão."

Manoela pensou no novo amigo de Rosalie, Josias, que ultimamente mandava mensagens carinhosas para a mulher e lhe dava um brilho diferente nos olhos. Era muito cedo para saber o que o futuro tinha para os dois, mas esperava que o brilho de Rosalie permanecesse. "Minha experiência na área de romance é quase nula."

"Mas sua experiência com pessoas é grande."

"Lido com clientes."

"Humanos, com problemas, dias bons e dias ruins. Enzo não a enganaria. Você cresceu com as pancadas da vida."

Manoela considerou aquelas palavras. Poucos dias antes, Rosalie a alertava sobre um possível envolvimento com Enzo. Por que a mudança de discurso? "Ele deixa sempre claro que somos sócios. Nada mais."

Rosalie se levantou. "Você preparou a terra da estufa. Agora vai lançar a semente. Se alguma semente foi jogada entre você e Enzo, ela irá brotar. Daí, é ver que tipo de planta vai nascer. Talvez mato, talvez não. Observe. Não se apresse." A mulher saiu sem esperar resposta.

Manoela recostou-se na cadeira com a garrafinha quase vazia nas mãos. Relembrou o momento em que Enzo segurou em seu tornozelo e bateu a terra do salto da sandália. De todas as coisas que aconteceram naquela noite, foi aquele gesto que lhe voltava à mente. Manoela interpretou a atitude dele como atenção e cuidado. Seria aquilo uma sementinha no solo entre eles?

Suspirando, ela bebeu o resto de água e jogou a garrafa no lixo de recicláveis. Rosalie tinha razão — Manoela não precisava de homem para se sentir completa. Sua satisfação estava naquilo que considerava as bênçãos de sua vida: família, saúde, trabalho. Manoela era rica nesses quesitos. Diariamente agradecia a Deus por essas coisas. Porém, Rosalie tinha razão ao dizer que algo diferente acontecia com Manoela. Era verdade. Seu coração batia diferente ao conversar e pensar em Enzo. Era um ritmo que ela desconhecia até então.

Uma música inédita que não conseguia desligar.

CAPÍTULO 18

A sensação de dever cumprido levou Manoela a gastar mais tempo no chuveiro, com direito à hidratação tão adiada do cabelo e da pele. As hortaliças tinham sido entregues ao vinhedo no dia anterior, fresquinhas e crocantes. Todos os outros clientes estavam abastecidos para o fim de semana. Lucas saíra mais cedo para o trabalho para ajudar na preparação do esperado casamento. Apesar do erro do Signor Ricci e do pânico inicial de Manoela por ter sido pega de surpresa, finalmente o evento estava acontecendo. Ela, porém, celebrava com uma noite tranquila. O livro a esperava no sofá da sala, e bolinhos de bacalhau, que a mãe lhe mandara mais cedo, estavam esquentando no forno.

Enrolando a toalha no corpo, Manoela inspirou o vapor do chuveiro com o cheiro das fragrâncias do óleo de amêndoas e rosas. No quarto, ela pegou o vestido mais solto e confortável do armário. O tecido fresco escorregou pelo seu corpo hidratado. Ela penteou o cabelo e, de pés descalços, passou na cozinha e se serviu dos aromáticos bolinhos da Dona Maria.

Na sala, ela escancarou as janelas, deixando o ar adocicado da noite entrar. As almofadas do sofá a convidaram a se acomodar. Entre uma página e outra do thriller, Manoela saboreava um bolinho e bebia água com gás, sabor pêssego. Aquilo era a verdadeira definição de prazer. Nada como uma noite tranquila. Tranquila e solitária.

A protagonista da história desaparecera. A polícia a procurava, sem pistas. Manoela mudava de ideia quanto ao culpado, conforme a trama avançava. Talvez fosse o namorado ou o homem mais velho que ajudou a mocinha quando ela se viu em uma enrascada com o pai. Mais uma página. Ela passou a desconfiar do síndico do prédio, que acabara de interceptar uma carta que chegava para a protagonista. O último bolinho de bacalhau foi parar na boca de Manoela. Ela lambeu os dedos e puxou uma cutícula solta. No ápice da história, quando a mulher do síndico o viu escondendo a carta, o celular de Manoela vibrou na mesinha ao lado. Ela espiou a foto na tela e deu um salto no sofá, deixando o livro cair. O coração de mãe pulou junto. Por que Lucas estava ligando? Manoela riu, sentindo-se ridícula com a reação exagerada, como se ela estivesse dentro do livro.

Em poucas palavras, o filho explicou que Zia Gemma tinha dado um chilique e arrumara uma briga com Enzo. Ela não só largara o que estava fazendo, como acusara um dos garçons de ter sabotado sua receita. Segundo Lucas, o jovem garçom tirara o avental e dissera que não precisava de um emprego com uma mulher doida. Em resumo, o filho pedia à mãe que fosse ajudar a servir os convidados. Enzo tinha concordado.

Manoela começou a elaborar uma desculpa, mas o filho insistiu. Pegando o livro do chão, ela disse a Lucas que estaria no vinhedo em meia hora. Ela correu até o quarto e escancarou as portas do armário, puxou a saia preta e a camisa branca, arrumando o cabelo em um rabo de cavalo e uma faixa preta de bailarina. Dispensou a maquiagem e passou um bálsamo labial rosado. As pistas do desaparecimento da protagonista teriam que esperar. Sua noite tranquila acabava com outra intriga familiar do clã dos Ricci.

Na hora combinada, Manoela estacionou seu jipe ao lado da sede do vinhedo, no mesmo lugar improvisado da sexta-feira anterior. A família Ricci precisava aumentar o estacionamento com urgência. A passos rápidos, Manoela deu a volta no casarão em direção à entrada de serviço. A sapatilha preta tinha sido uma escolha acertada, pois, ao entrar na cozinha, ela se surpreendeu com o movimento de garçons, garçonetes, cozinheiros e outros auxiliares. Lucas, de camisa branca e calça preta e avental, veio ao seu encontro, enquanto enxugava as mãos em um pano de prato.

"As bandejas com petiscos estão naquela bancada." Ele apontou para os fundos da cozinha. "A porta para o salão fica logo ali. Qualquer dúvida, me pergunte."

Manoela viu o filho sumir entre o pessoal da cozinha. Uma semana atrás, ele era um menino jogando *videogame*, hoje, ele lhe dava instruções precisas sobre o serviço. Um homem em formação, sem dúvida.

Empurrando a porta dupla de vaivém, Manoela entrou no mar de pessoas elegantes e animadas. A noiva e o noivo circulavam por entre seus convidados, cumprimentando-os e posando para fotos. A decoração era discreta, mas de muito bom gosto, como condizia a um ambiente onde a estética italiana se mostrava presente. Ramos de alecrim enfeitavam as mesas em vasos de barro. Flores silvestres, dispostas em buquês de vários tamanhos, estavam espalhadas pelo salão. As mulheres, umas de vestidos curtos e coloridos, outras de vestidos longos e esvoaçantes, circulavam entre os homens de ternos escuros, fazendo um belo contraste.

Manoela passou com a enorme bandeja, parando quando alguém estendia a mão para se servir dos delicados canapés. Os outros garçons e garçonetes equilibravam as bandejas com naturalidade, como se dançassem ao som do conjunto de jazz que tocava no canto do salão. Manoela se sentia em sua primeira apresentação de equilibrismo. Quando a bandeja ficou vazia, ela voltou à cozinha, cumprimentando-se por não a ter derrubado. Colocou-a em cima de outras vazias e foi na direção do balcão pegar mais canapés.

"Manoela."

A voz era forte, mas tranquila, diferente da que ela esperava de alguém em uma situação de grande estresse. Ela se virou. "Enzo."

Ele a puxou para um canto da cozinha, onde não seriam atropelados pelo batalhão de garçons e garçonetes carregando travessas quentes. "Nem sei como agradecer. Zia Gemma teve um ataque de nervos e ficamos sobrecarregados. Lucas sugeriu que você viesse. Na verdade, preciso da sua ajuda na cozinha."

Eu? Só se for para descascar batatas, ela pensou, mas não daria um fora dizendo que suas habilidades culinárias eram limitadas. Manoela balançou a cabeça e seguiu Enzo para fora da cozinha da sede. Foram em direção à cozinha do restaurante.

Enquanto cruzavam o gramado onde os dois tinham passeado na semana anterior, Enzo explicou à Manoela que o restaurante estava fechado para o jantar. Ele preferia silêncio para fazer seus pratos. Ela entrou primeiro pela porta dos fundos quando ele a abriu. Na cozinha, quatro pessoas trabalhavam com habilidade e organização.

Enzo levou Manoela a um balcão onde delicadas massas caseiras estavam dispostas em bandejas, prontas para irem à água fervente. "As massas vão ser cozidas e os pratos finalizados na outra cozinha. Preciso que você coloque as bandejas naquele carrinho de prateleiras para quando Lucas vier buscá-lo. Depois, lave essas ervas." Ele apontou para uma caixa que tinha vindo do seu próprio pomar. "Elas devem escorrer nessa peneira." Enzo mostrou-lhe a pia para o serviço, assim como os utensílios que deveriam ser usados.

Balançando a cabeça em entendimento, ela começou o trabalho. Entre o encaixe de uma bandeja de massa e outra no carrinho, Manoela observava a destreza de Enzo ao cortar, picar, ralar, moer, ferver e fritar os ingredientes, que exalavam aromas únicos. Sua camisa de *chef* estava respingada de alimentos e a testa tinha gotas de suor, que ele enxugava com um pano que tirava do bolso do avental preto.

A coreografia de Enzo e seus auxiliares continuou, e Manoela passou a lavar as ervas e a secá-las. Lucas apareceu, com ar de importante, e levou o carrinho embora. Enzo, afinal, estava sendo uma ótima influência para o seu filho. Manoela passava os maços de manjericão no filete de água da pia e pensava que o cordão umbilical estava quase rompido. Logo, Lucas precisaria dela com apoio emocional e não mais para cuidar de suas necessidades básicas.

Manoela deu um pulo quando a porta dos fundos da cozinha se abriu de forma brusca, a maçaneta batendo na parede de concreto. Zia Gemma amarrava o avental, e marchou em direção a Enzo, que flambava uma carne no fogão. Manoela observou o olhar rápido que Enzo deu à tia, que cruzou os braços e falou:

"Se você acha que vai me roubar a única coisa que importa, está enganado."

Enzo tirou a frigideira da chama e a passou a um auxiliar, que a levou para um balcão onde as carnes eram preparadas. Ele olhou para a tia e enxugou o rosto. "Zia, não estou tentando roubar nada. Seu lugar é aqui."

Manoela admirou a paciência de Enzo. Em seu lugar, ela teria colocado a velha rabugenta para correr morro abaixo, mas cada família tinha sua dinâmica. Fazendo um gesto de desprezo com a mão, Gemma foi para o outro fogão e se ocupou com duas panelas enormes que ferviam água. Manoela continuou sua tarefa de higienizar as delicadas ervas. Lucas fez mais uma viagem de cozinha a cozinha, levando outras bandejas.

Enzo chegou por trás de Manoela e cochichou que iria ao outro restaurante finalizar os pratos do jantar que seria servido em breve. Um auxiliar passou e pegou as ervas lavadas e as colocou em uma caixa com outros itens. Sem mais o que fazer, Manoela olhou para Gemma, que abria uma massa em uma bancada. Tomando coragem, ela se aproximou da mulher corcunda sobre a massa.

"Precisa de ajuda?" Manoela entrelaçou os dedos úmidos de água.

Gemma olhou por cima do ombro, enquanto passava o rolo pela massa. "Quero. Deixe nossa família em paz." Ela fez um movimento com o queixo levantado, indicando a porta.

"Zia Gemma, por que essa hostilidade agora?"

"Para você, é Gemma, já disse. Nunca deveria ter entrado nessa parceria com Enzo. Vai se arrepender." Ela apertou as mãos no rolo.

"O que quer dizer com isso?"

"O que já disse: vai se arrepender." A mulher passou o rolo na massa com agilidade.

Virando-se, Manoela saiu porta afora, o coração acelerado. No gramado entre o restaurante e a sede, ela esbarrou em um grupo de convidados, pediu desculpa e foi para o limite onde começavam as fileiras de vinhas. Ela engoliu em seco. Rosalie tinha dito que Manoela sabia lidar com a rabugenta Gemma, mas não era verdade. Nunca teve que lidar com alguém que mudou de forma tão rápida. Rabugice era uma coisa, hostilidade era outra. Será que a mulher descontava em Manoela o que não conseguia descontar em Enzo?

De longe, Manoela observava o salão de festa iluminado e os convidados alegres. Era como se eles estivessem em um aquário e ela no escuro oceano. Sua vontade de ir para a segurança da sua casa aumentou. Sua vida pacata a chamava de volta. A parceria com Enzo tinha lhe colocado em uma dimensão de emoções com as quais ela não queria lidar. O contrato, porém, estava assinado. Seria um ano de trabalho em conjunto com o Vinhedo Ricci. Sem alternativa, Manoela teria que construir alguns muros de proteção ao seu entorno. Evitar Gemma seria prudente. Envolver-se o mínimo necessário com Enzo também.

Manoela colocaria o segundo item da lista à prova naquele momento em que Enzo descia o gramado na sua direção, chamando seu nome.

CAPÍTULO 19

"Estou tomando ar." Manoela acenou para Enzo ao sair da fileira de vinhas. Inspirou o ar noturno de forma pausada.

"Zia Gemma disse que você tinha ido embora, mas eu a vi da varanda. Tudo bem?"

Aproximando-se dele, ela ajeitou o rabo de cavalo. "Vim só tomar um ar mesmo." Não iria mentir, dizendo que estava bem quando queria sair correndo daquele lugar. "Ainda precisa de mim?"

"Não quero abusar, mas se puder me ajudar com a sobremesa, agradeço." Ele sorriu e o luar refletiu em seus olhos.

"Claro." Ela esperava que Gemma já tivesse saído da cozinha do restaurante.

Para a consternação de Manoela e irritação de Enzo, a *zia* apareceu na cozinha, fez um gesto malcriado com a mão e saiu batendo a porta.

Pegando um pote metálico, Enzo falou baixo, mas ao alcance dos ouvidos de Manoela:

"Com esse humor iria desandar a sobremesa."

Na próxima hora, Manoela calculou ter andado alguns quilômetros entre a cozinha e o salão de festas, servindo, organizando, limpando. Vez por outra, ela esbarrava no filho, que apesar de suado, trazia sempre um sorriso no rosto. Por volta da meia-noite, a movimentação foi diminuindo, os convidados saindo, e os empregados finalizando a limpeza. Com as pernas latejando, Manoela encontrou uma mesinha redonda no canto da cozinha, puxou uma cadeira e se sentou. Observou a transformação do caos da cozinha em plena ordem, as bancadas de metal brilhando e os utensílios guardados em suas prateleiras. Lucas apareceu de um depósito, carregando a mochila nos ombros e, encontrando a mãe, aproximou-se.

"Já posso ir."

Manoela balançou a cabeça em entendimento. A dúvida era se conseguiria caminhar até o carro. A exaustão era tanta que desejou existirem teletransportes que a levassem direto para a cama, já de camisola e dentes escovados. Ela enfiou os pés inchados nas sapatilhas, que tinha tirado momentos antes.

Enzo surgiu, enxugando as mãos em um pano de prato branco, puxou a cadeira de frente à Manoela e fez um sinal para Lucas se sentar na outra. "Devem estar com fome."

O rapaz largou a mochila no chão. "Morrendo."

Fazendo um sinal para mãe e filho esperarem, Enzo sumiu por trás de um dos balcões e voltou com uma bandeja coberta com um pano. Colocou-a na mesa e levantou o pano. O desejo de Manoela de pular na cama foi adiado. Três pratos traziam uma amostra de tudo o que tinham servido no casamento. Manoela imaginou os sabores dos canapés variados, das massas delicadas com molhos diferentes, das fatias finas dos filés suculentos. Sua boca salivou ao inalar os aromas.

"Não é muito, mas o mínimo que posso fazer pela boa vontade de vocês." Enzo passou um garfo para cada um. "*Mangia che te fa bene.*"

Lucas riu, e Manoela franziu o semblante. Deixaria a aula de italiano para lá. Ela enfiou o garfo no tenro filé, que desmanchou na boca. Lucas comia rápido, elogiando cada amostra. Manoela achou engraçado o entusiasmo do filho, que costumava reclamar quando achava um pedaço de cebola na comida. Muitas mudanças aconteciam com seu filho naquelas semanas.

Quando Enzo trouxe as amostras das sobremesas, Manoela imaginou que não teria lugar em seu estômago, mas se enganou. Era impossível resistir aos dons culinários de Enzo Ricci, ao seu calor humano e à consideração. A *panna cotta* derreteu na língua de Manoela, enchendo seu paladar de prazer. As mãos de Enzo criavam prazeres na forma de sabores.

Sentindo-se satisfeita em muito sentidos, Manoela pegou a estrada com seu filho, depois de agradecer a Enzo pelo banquete. Ele acompanhara mãe e filho ao carro no estacionamento vazio, onde se despediram.

Manoela desceu a estradinha que cortava o vinhedo na direção da *highway*. O céu azul-marinho cravejado de estrelas cobria o percurso. Lucas dormia, a cabeça encostada no vidro do jipe e a mochila largada nas pernas longas. Manoela engoliu o bolo de emoção que se formou no peito. Dormindo, seu filho parecia o bebê que ela recebera nos braços, mesmo com a penugem do bigode sobre o lábio grosso. Porém, o homem dentro dele amadurecia, cercado de exemplos masculinos íntegros e generosos como o avô Marques, Diogo e Enzo.

Ao pegar a *highway* escura, Manoela não se importou que as lágrimas escorressem pelo rosto.

Quando o tratorzinho finalmente deu um basta nos trabalhos forçados e parou, Manoela levou as mãos à cabeça e respirou fundo. No início da semana, as entregas aos clientes estavam atrasadas. O casamento, dois dias antes, tinha passado e deixado uma agenda cheia de pendências. Jorge avisou à patroa do problema, e nem Rosalie conseguiu que o mecânico lhe fizesse outro favor. Nas palavras dele, o destino do trator era o ferro-velho.

Nem de longe a situação do pomar permitiria a compra de um novo trator. Manoela ligou para o pai e perguntou se algum de seus amigos teria um para alugar. Horas depois, o Sr. Marques avisou que seus amigos estavam em situação semelhante a deles, principalmente na época de maior atividade no pomar no fim do verão.

Lucas entrou no escritório da mãe quando ela desligou o telefone, depois de conversar com um vendedor de trator. Mais um que tinha lhe tirado a esperança de um financiamento mais suave.

"Rosalie me disse do trator." Ele se jogou na cadeira de frente à Manoela, as pernas longas e desajeitadas esticadas. "Dei um jeito nisso."

Girando o celular no tampo da mesa, ela arregalou os olhos. "Jeito?"

Lucas balançou a cabeça, confirmando. "É uma surpresa."

"Não sei se gosto de surpresas em uma situação complicada. Quanto vai me custar?"

"Nada." O rapaz se levantou. "Enquanto isso, vou ajudar Jorge a encher os cestos no pomar." Ele saiu, batendo a porta.

Apertando a testa com os dedos, Manoela imaginou que surpresa seria essa. Era claro que seu filho demonstrava atitudes maduras, mas daí a resolver o problema do trator já era esperar demais dele. Onde ele tinha arrumado outro trator ou uma solução para seu problema? Certamente lhe custaria algo. Nada era de graça.

Na estufa, Manoela esqueceu-se da crise por um breve instante. Admirou-se com a rapidez de Rosalie em semear a terra. A amiga tinha trabalhado no domingo, enquanto Manoela dormia, exausta do casamento.

"A irrigação está funcionando perfeitamente." A mulher corpulenta enfiou as mãos nos bolsos do macacão e olhou para o resultado do seu trabalho.

"Fez um ótimo trabalho. Obrigada."

Rosalie olhou para Manoela. "Que formalidade é essa? Entre nós não tem isso de agradecer o óbvio. É meu trabalho e nossa amizade. Você foi a única que acreditou em mim."

"Eu preciso acreditar em mim agora." Manoela contou à Rosalie sobre a surpresa do filho.

"Onde esse garoto vai arrumar um trator?"

"Não sei se é trator. Ele disse que deu um jeito."

"Vamos aguardar, então." Rosalie pegou um saco de adubo e o cortou com o canivete.

A manhã transformou-se em uma tarde muito quente. Os cestos do pomar estavam carregados, e as frutas precisavam ser levadas ao galpão com urgência, caso contrário, estragariam mais rápido. Manoela passou pelas fileiras de nectarinas e viu o filho e Jorge enchendo mais um cesto. Como ela solucionaria o problema se a surpresa de Lucas não acontecesse nas próximas horas?

Cruzando o estacionamento, Manoela foi em direção ao galpão, mas parou quando um caminhão entrou pelo portão. Ela foi abrindo a boca devagar, conforme se convencia de que ele carregava um reluzente trator verde. Aquilo era um engano certamente.

Correndo até o caminhão, que parava ao lado do galpão, Manoela abordou o motorista. "Aqui é o Pomar Marques." Com certeza o homem tinha errado o endereço.

"Sra. Manoela Marques, por favor." Ele pulou da cabine do caminhão, segurando uma folha de papel.

"Sou Manoela Marques."

Jogando o papel no banco do caminhão, o motorista apertou um comando, e a rampa foi descendo até o chão. Minutos depois o tratorzinho estava no chão. Manoela olhava aquela movimentação com olhos arregalados. Como Lucas tinha conseguido aquele milagre? Ela assinou o papel que o homem lhe entregou, embora as letras se embaralhassem quando ela tentou ler a informação contida nele. Tossindo com a poeira deixada pelo caminhão, que tomava a estrada, Manoela finalmente acordou do choque.

Lucas, Jorge e Rosalie vieram correndo, celebrando com pulos de alegria.

"Esperem." Manoela fez um gesto com a mão para eles pararem a festa. "O que está acontecendo? Lucas?"

"É um dos tratores do Vinhedo Ricci." O rapaz segurou a mãe pelos braços.

"Vinhedo Ricci? Como conseguiu isso?" Ela balançava a cabeça, como se o gesto pudesse clarear sua mente.

"Quando nosso trator quebrou, falei com Enzo. Ele vai emprestar esse aqui." Lucas apontou para o trator verde como uma grande azeitona.

"Não estou entendendo." De repente, o calor da tarde pesou sobre Manoela, e o estacionamento girou.

Rosalie segurou a amiga pela cintura. "Vamos para o escritório beber água. Você está pálida."

O barulho do motor do trator veio à vida, e Manoela viu, com olhos embaçados, Jorge e Lucas empoleirados nele, indo em direção ao pomar.

Sentada em sua cadeira e com uma garrafa d'água, Manoela tentava ajustar o foco da visão. "Por que isso?"

Rosalie apertou as mãos da amiga. "Não é hora de porquês; aproveite o milagre."

CAPÍTULO 20

A notícia do empréstimo do trator do Vinhedo Ricci correu como incêndio florestal pela família Marques. Diogo e Isadora passaram no pomar para testemunharem o milagre. Sr. Marques apareceu e assumiu o controle da "belezinha verde", como ele chamou o trator, até o fim do expediente. As especulações do motivo de tanta generosidade por parte de Enzo foram de caridade à galanteio. De qualquer forma, no fim do dia, todas as frutas estavam devidamente acondicionadas em caixas no galpão, prontas para serem entregues no dia seguinte.

O telefonema de Manoela a Enzo para agradecer o empréstimo terminou com "sócios e amigos se ajudam" da parte dele. E foi com essa relação consolidada que Manoela encarou os meses de outono. Ela e Enzo se encontravam com frequência. Além dos encontros profissionais, eles se viam em ocasiões menos formais como almoços na casa de Diogo e Isadora e dos pais de Manoela. Os passeios de bicicleta na orla do lago tinham virado uma tradição de sábado à tarde, com Lucas sempre presente. O restaurante do vinhedo ficava fechado para almoço nos meses frios, dando a Enzo momentos de folga.

Lucas tinha o chefe cada vez mais em alta conta. Mesmo tendo voltado às aulas em setembro, o rapaz mantinha o emprego no vinhedo. Segundo ele, Enzo só lhe dava horas de trabalho quando lhe mostrava as lições da escola feitas e as notas boas.

Manoela respirava aliviada com a calmaria da estação. A estufa estava cheia de brotos e logo entregaria seus frutos. O Restaurante Ricci nunca esteve tão movimentado nos meses de temperaturas baixas. Enzo se preparava para a produção de *icewine*, o vinho de uvas congeladas, muito popular no Vale do Okanagan. Em algumas ocasiões, Manoela e Lucas ajudaram Enzo em um evento ou outro. O trator verde já tinha voltado para o Vinhedo Ricci, depois de carregar os últimos cestos de frutas.

O fim de novembro permitiu que Manoela desacelerasse o ritmo de trabalho. Com o início das geadas, a estufa era sua prioridade, sempre com Rosalie no comando. A mulher anunciou que estava namorando seu amigo Josias, e Manoela o via com frequência ajudando na estufa. Torcia para que a grande amiga pudesse viver um relacionamento sem segredos e mentiras. Considerando suas próprias circunstâncias, Manoela dificilmente celebraria um novo relacionamento para si, o que não a impedia de se alegrar com a amiga.

Foi em um sábado frio com ameaça de neve, que Enzo ligou para Manoela, sugerindo de cancelarem o passeio de bicicleta. Fingindo um tom de voz despreocupado, muito distante do sentimento de decepção que ela sentiu, Manoela respondeu que seria uma oportunidade para tirar os jogos de tabuleiro do armário. Para sua surpresa e alegria (embora ela tentasse se convencer de que Lucas quem mais aprovaria a ideia), Enzo se convidou para a tarde de jogos. Aquela seria a terceira vez que ele iria à sua casa, mas a primeira que não era por motivo profissional.

Com o encontro marcado para as três da tarde, Manoela lavou a louça do almoço e deu um jeito na casa, que raramente estava desorganizada. Pediu que Lucas colocasse os jogos preferidos na mesinha de centro da sala e saiu para comprar coisas para lanche. Seria loucura cozinhar para o *chef*, sócio e amigo. O mercado português não decepcionou na oferta de pães, frios e salgadinhos. Manoela voltou para casa e deixou o que precisaria esquentar já nas assadeiras.

Depois de um banho rápido, ela se enfiou na calça *jeans* e no suéter preferido de tom ocre de outono. Manoela ouviu o filho saindo do banho, cantarolando. Na sala de visitas, ela ajeitou as almofadas do sofá azul e branco, mesmo que tudo estivesse em ordem. Ela saiu na varanda e se deparou com a neve polvilhada como açúcar de confeiteiro no jardim. Manoela gostava do silêncio da neve caindo. Era como se a natureza se dobrasse à sua leveza e se calasse.

A SUV de Enzo apontou na estradinha de entrada da casa, e Manoela considerou voltar para dentro. Ele pensaria que ela o aguardava na varanda. Talvez ela esperasse. Para não dar uma de colegial, ela esperou que ele estacionasse embaixo de uma árvore de galhos nus. Quando ele desceu do carro, de suéter preto e *jeans*, Manoela levantou a mão em um aceno. Eles sempre se cumprimentavam com dois beijos rápidos no rosto em ocasiões sociais, mas, por algum motivo, naquele momento Manoela notou os segundos a mais no cumprimento.

"Entre, está frio aqui fora." Ela virou-se e entrou, tentando esquecer-se dos dois beijos demorados no rosto. O perfume da leve colônia de Enzo permaneceu em suas narinas.

"Uma pena cancelar o passeio de bicicleta." Ele apontou para os jogos em cima da mesa. "Mas vejo que vamos nos divertir assim mesmo."

Manoela fechou a porta e fez um gesto para ele se sentar. "Aviso que sou muito competitiva."

"Aviso que também sou." Ele riu e pegou uma das caixas de jogo. "Dixit. Não é todo mundo que conhece esse jogo." Enzo abriu a caixa e tirou as cartas com desenhos surrealistas.

"Como eu disse, sou competitiva."

Lucas entrou na sala de calça de moletom e um suéter com a logo da escola. "Competitiva? Não, mãe, você é doida." Ele cumprimentou Enzo. "Ela já quebrou meu dedo jogando Ligretto."

"Quebrei nada. Foi só uma luxação."

Enzo fechou a caixa e se colocou de pé. "Melhor eu ir embora. Quero meus dedos intactos." Ele balançou os dedos no ar.

Os três riram e escolheram um jogo mais lento para começar. Lucas jogou almofadas no chão e, de pernas cruzadas debaixo da mesa, os adversários movimentavam suas peças. Meia hora depois, já bem aquecidos, concordaram que estavam prontos para algo mais intenso. Os gritos e risadas alastravam-se pela sala e, quando Manoela quebrou a unha do polegar direito ao tentar roubar uma carta de Enzo, Lucas rolou no chão.

"Eu disse que minha mãe é doida, haha."

O jogo foi interrompido apenas para Manoela pegar um curativo, e as pancadas na mesa recomeçaram. No fim de uma hora, ela estava com a pontuação bem à frente dos dois adversários.

"Sugiro reabastecer as energias." Manoela levantou-se com agilidade e correu para a cozinha, ligando o forno.

Lucas e Enzo entraram logo atrás, rindo e enchendo seus copos de água gelada. Os salgadinhos logo estavam quentes, e os pães e frios decoravam a mesa. De boca cheia, os três se gabavam de suas vitórias e tiravam onda da violência de Manoela quando confrontada na mesa de jogo.

"Você já considerou entrar para o JTCA?" Enzo perguntou e jogou um pedaço de salame na boca.

Manoela debruçou-se sobre a mesa farta e pegou outra fatia de pão. "E o que é isso?"

Enzo piscou para Lucas e voltou o olhar para Manoela. "Jogadores de Tabuleiro Compulsivos Anônimos."

Lucas riu, e Manoela jogou um miolo de pão em Enzo. Depois de devorarem o lanche, eles voltaram para a sala para um jogo menos agitado. A neve acumulou-se na parte mais baixa das janelas, e a noite caiu. Os jogadores decidiram que mereciam um descanso antes de se enfrentarem em outra partida. Lucas saiu da sala, avisando que ia ao banheiro.

Enzo levantou-se da almofada no chão e se sentou no sofá, descansando a cabeça no encosto. "E sua unha?"

Manoela acomodou-se na poltrona branca de frente para ele. Olhou para o curativo. "Unha quebrada faz parte da minha rotina."

"Sai dando murro nas mesas por aí?" Ele correu os dedos pelo cabelo encaracolado.

"Quem dera minha vida fosse como ganhar de forma histórica no Ligretto." Era bom estar na companhia de Enzo e jogar conversa fora. Nessas horas, ela se convencia de que a amizade dele deveria ser nutrida.

"Não precisa me humilhar." Ele riu, mas logo seu rosto ficou mais sério. Ele esticou as costas e levantou a cabeça. "Qual foi sua maior dificuldade na vida? Não responda se estou sendo muito intrometido."

Em outra circunstância e com outra pessoa, Manoela acharia a pergunta descabida. No entanto, Enzo já tinha dado provas de ser um homem íntegro e discreto. Ela suspirou. "Sem dúvida foi quando descobri que meu ex-marido não se manteve fiel ao compromisso do casamento. Criar um filho sem o pai é complicado, mas não mais do que ter minha própria identidade massacrada. Quando descobri que vivi uma mentira, perdi o entendimento de quem eu era."

Enzo fixou os olhos em Manoela. Arrastou o corpo para a beira do sofá e apoiou os cotovelos nos joelhos, a cabeça um pouco baixa. "Esse é o jogo mais baixo que alguém poderia jogar. Eu deveria saber, porque também fui..."

Naquele momento, Lucas entrou na sala perguntando o que jogariam. Manoela custou a arrancar seus olhos do rosto de Enzo. O que ele estava prestes a confessar? Ele se encaixaria no comentário que fez sobre jogar baixo?

A partida de Dixit começou, mas Manoela sabia que iria perder de forma vergonhosa. As palavras interrompidas de Enzo assombravam sua mente, dando-lhe a sensação de que não estaria preparada para ouvir o restante da confissão.

CAPÍTULO 21

Examinando os dois homens de costas, Manoela reclinou-se na cadeira da cozinha e pensou que, poucos meses antes, só ela usava as panelas e os utensílios que passavam da bancada da pia para o fogão. Um dos homens era seu filho. Os ombros largos quase podiam ser comparados aos de Enzo, embora o *chef* fosse mais alto.

"Movimente a faca com firmeza e ritmo."

Manoela observou os movimentos dos braços de Enzo e depois os de Lucas, que seguia as instruções recebidas. A interrupção da última partida do jogo minutos antes foi decretada quando o rapaz anunciou que estava com fome. Manoela não conseguiria comer nem uma azeitona depois do lanche reforçado e, para ser sincera, depois da meia confissão de Enzo. Ele parecia alheio ao incômodo que ela sentia. Como ele reconheceria, porém, a inquietação que se acumulava no coração de Manoela? Era verdade que, durante o passeio no vinhedo uma semana antes da festa de casamento, Enzo tinha dito que seu destino seria o fogo, em referência aos galhos infrutíferos da vinha. A mudança, segundo ele, teria vindo em forma de água fervente, o que resultou na queimadura na perna.

Lucas acendeu uma boca do fogão a pedido de Enzo e colocou um pouco de azeite no fundo da panela. O cheiro da cebola fritando deveria fazer a boca de Manoela salivar, mas ela a sentia seca como se tivesse ingerido farinha. Bebeu um pouco da água do copo e sorriu para Lucas, quando ele se virou, buscando aprovação da mãe.

"Esse molho é meio improvisado," Enzo falou com o menino e começou a tirar a pele de vários tomates que tinham saído da água fervente. "O tempo de cozimento deveria ser de mais de quatro horas para apurar o gosto."

"Bem diferente de abrir uma lata de molho." Lucas deu uma risada e mexeu na panela onde a cebola fritava.

"Diferente mesmo." Enzo passou os tomates pelados para uma tigela.

A produção do molho e depois da massa fresca deu à Manoela a oportunidade de observar a interação do filho e de Enzo. O rapaz, que mal fritava ovo, parecia bem à vontade seguindo as orientações do *chef*. Manoela tentou ignorar a pontada que sentia na mente. De alguma forma, Enzo teria se comparado a Mark? Quem ele teria traído? Uma ex-namorada ou, pior, ex-esposa? Pela busca na Internet que Manoela fizera, nada indicava uma mulher em sua vida, o que não significava muita coisa. Nem todos gostavam de estar nas notícias.

A lembrança do alerta de Gemma sobre ter cuidado com Enzo aumentou a inquietação de Manoela. "Você vai se arrepender", a mulher dissera duas vezes. O que ela sugerira com a afirmação? Vendo Enzo ali na cozinha, ensinando Lucas a cortar *gnocchi*, Manoela não sentia qualquer arrependimento de tê-lo conhecido. Pelo contrário, desde que se conheceram, ele sempre se portou com decência e generosidade. Era parecido com o Signor Ricci, embora mais ambicioso e ousado. Isso, porém, não era uma falha de caráter, pois Enzo parecia se importar genuinamente com as pessoas. O que um homem badalado como ele fazia na casa de uma mãe solitária com um filho adolescente em pleno sábado? De uma tarde de jogos na sala, Enzo passou para a cozinha mal equipada para mostrar a Lucas como fazer massa fresca. Isso deveria mostrar alguns aspectos notáveis da sua personalidade.

Lucas colocou um prato de *gnocchi* com molho de tomate e manjericão na frente da mãe. "Diga o que acha."

Enzo encostou-se na pia, enquanto secava as mãos no pano de prato estampado. Manoela enfiou o garfo na massa tenra e a levou à boca. Poucas comidas derretiam na boca como aquele *gnocchi*. "Umm, simplesmente maravilhoso."

"Chega de molho de lata, né?" Lucas encheu um prato para si e se sentou ao lado de Manoela.

"Se você fizer o molho fresco, estamos combinados." Ela se deixou levar pelos aromas e pelo sabor da comida e da noite. De que valia ficar especulando sobre a vida de Enzo? Afinal, eram sócios e amigos apenas.

O silêncio das três pessoas ao redor da mesa foi preenchido pelos sons de talheres batendo levemente nos pratos, enquanto a comida desaparecia rapidamente. Lucas comeu o restante do *gnocchi* do pirex e soltou um sonoro suspiro de prazer.

"Esse é o melhor elogio que um cozinheiro poder receber." Enzo olhou para o rapaz e piscou o olho. "Corrigindo: cozinheiros — trabalho em equipe."

"Estava maravilhoso." Manoela enfiou o garfo no último *gnocchi*. Para a surpresa dela, Lucas começou a recolher os pratos sujos. Definitivamente Enzo era uma boa influência.

"Seu irmão e sua cunhada já foram para Vancouver filmar o programa de reformas de casa?"

Manoela encostou-se na cadeira e examinou o rosto de Enzo. Por um breve momento, esqueceu-se qual pergunta ele tinha feito. *Sobre Diogo, sim.* "Foram no início da semana."

"Enzo, você tem irmãos?" Lucas perguntou, olhando por cima do ombro, enquanto colocava os pratos sujos na lava-louças.

"Chiara. Ela é casada e mora em Roma."

"Por que você não é casado?" Lucas perguntou, como se fosse a pergunta mais normal do mundo.

Manoela, que bebia um gole d'água, engasgou-se e tossiu. "Lucas, isso é coisa que se pergunte?"

Enzo riu e olhou para ela. "Não tem problema." Voltando-se para Lucas, ele disse, "A pessoa especial não apareceu ainda."

"Especial como?" O rapaz fechou a porta da lava-louças e voltou a se sentar.

Manoela olhou de Lucas para Enzo de olhos arregalados. Ela fez menção de se levantar, mas Enzo balançou a cabeça negativamente. Ela voltou a se encostar na cadeira.

"Cada pessoa tem um conceito diferente do que acha especial, mas é importante também que eu seja essa pessoa especial para alguém," Enzo falou.

Lucas balançou a cabeça em entendimento. "Minha mãe não achou ninguém especial até hoje."

"Lucas!" Manoela levantou-se com afobação, e sua mão bateu sem querer no copo, que aterrissou no chão, cacos voando para todos os lados. O rapaz olhou para os pedaços de vidro espalhados.

Enzo colocou-se de pé e puxou o pano de prato do gancho na pia. "Lucas, pode pegar a vassoura e a pá?"

Minutos depois, os cacos estavam na lixeira e o chão, seco. Visivelmente constrangido, Lucas pediu licença e sumiu pelo corredor da casa. Manoela ocupou-se em lavar as panelas, a agitação do momento correndo por suas veias.

Enzo a segurou pelo braço, puxando de volta à mesa. "Ei, está tudo bem."

Manoela correu a mão pela toalha da mesa, os dedos trêmulos. "Que comentário mais descabido."

"Já viu algum adolescente versado em diplomacia?" Enzo colocou a mão sobre a de Manoela, interrompendo seu curso na toalha.

Ela olhou para ele e puxou a mão devagar. "Lucas nunca me expôs assim ou de qualquer outra forma. Não sei de onde tirou esse comentário."

"Ele está crescendo e observa mais as coisas."

Que coisa para observar, Manoela pensou. "Bem, não estou atrás de ninguém especial."

Enzo encostou-se na cadeira e examinou o rosto de Manoela, parando em seus olhos. "Você já é cercada de gente especial, mas, se tiver lugar para mais um amigo, aceito participar." Ele sorriu.

Manoela sentiu sua tensão dissolver-se como uma folha fina de papel na água. Se Lucas não tinha habilidades diplomáticas, Enzo era Ph.D. no assunto. "É bom ter você como amigo." O que ela viu nos olhos dele não era fácil identificar. Talvez ele quisesse arrancar dela algo mais, um comentário mais elaborado. Ela desviou os olhos para a pia, as panelas sujas empilhadas no balcão.

"Vamos deixar as panelas para depois. Prometo cuidar delas. Acho que agora precisamos fechar a noite com algo memorável." Enzo se levantou e puxou Manoela para a sala, chamando Lucas ao mesmo tempo.

O rapaz chegou, olhou para a mãe, que lhe sorriu. Enzo apontou para os lugares no chão ao redor da mesa com os jogos e anunciou que iria destruir Manoela no Ligretto. O episódio na cozinha foi esquecido, e os três adversários tomaram seus lugares.

Quando, tarde da noite, o barulho cessou e as luzes se apagaram, Manoela deitou a cabeça no travesseiro e levou a mão à boca, para abafar suas risadas. Ela tinha destruído Enzo e Lucas na partida, mas a vitória mesmo foi o tempo de amizade e companheirismo desfrutado. Por que ela precisaria dessa pessoa especial, como sugeriu seu filho, sendo que estava cercada de outras pessoas especiais? Não, sua vida já era complicada o suficiente para começar um relacionamento que colocasse em jogo o vínculo de amizade que vinha formando com Enzo.

Esticando o braço no lençol fresco, Manoela virou-se para o lado do travesseiro vazio. A solidão da noite a incomodava, mas nada como acordar e lembrar-se de que tinha uma família unida e amigos.

CAPÍTULO 22

M anoela aumentou a temperatura do pequeno aquecedor no canto do escritório e puxou o zíper da pesada parka até o queixo. De volta ao computador, ela verificou o livro-caixa. Assim como espremer um limão seco, Manoela espremia as contas, decidindo de onde tiraria dinheiro para comprar um trator novo. Seu pai sugeriu mais um empréstimo. De fato, a compra seria um investimento, mas Manoela descartou a ideia, sendo que parcelas de outros empréstimos acumulavam.

Os produtos da estufa já começavam a render o suficiente para pagar sua compra. Depois de algumas semanas se adaptando à nova técnica de plantação, Manoela, Rosalie e Sr. Marques finalmente respiraram aliviados. No auge do inverno, as hortaliças cresciam frescas e viçosas, e até Gemma, depois do olhar desconfiado para as primeiras remessas, aceitou que a qualidade era inegável.

Enzo mantinha o restaurante aberto para jantar naquela época do ano. Depois das comemorações de Natal e Ano Novo, o movimento diminuiu bastante, o que era comum nos meses frios de janeiro a março.

Rosalie entrou no escritório e esfregou as mãos enluvadas. O gorro de lã tinha alguns furos e Manoela imaginou como a amiga aguentava o frio lá fora com as orelhas praticamente descobertas.

"Saiu mais um carregamento de hortaliças." A mulher rechonchuda se sentou na cadeira de frente à Manoela.

"Fiquei preocupada. Meu pai está com aquela tosse de novo e sugeri que ficasse em casa."

"Estamos dando conta. Com menos mão de obra, a correria é grande. Jorge está trabalhando dobrado."

"E você também." Manoela percebia o cansaço de Rosalie e lhe sugeriu uns dias de folga, mesmo sabendo que o trabalho se acumularia. A mulher recusou.

Sentando-se na beira da cadeira, Rosalie sorriu e tirou uma das luvas, mostrando os dedos para Manoela.

Olhando para os dedos encardidos, Manoela foi arregalando os olhos. "Noiva! Está noiva!" O anel simples contrastava com a sujeira de terra na pele de Rosalie.

"Pois é. Sempre há um sapato velho para um pé cansado." Ela balançou a mão com o anel no ar.

Contornando a escrivaninha, Manoela abraçou a amiga. "E quando será o casamento?"

"Pensamos na primavera. Algo simples, antes da plantação da horta."

Um frio correu pela espinha de Manoela. E se sua amiga fosse embora, o que seria dela ali no pomar?

Imediatamente ela se repreendeu. Queria a felicidade de Rosalie. Ela merecia ter um casamento de verdade, com transparência. Manoela encostou-se na mesa. "Fico feliz por você. Onde pensa em fazer a festa?"

"Vai me achar uma boba sentimental, mas queria que fosse no pomar."

"Que ideia maravilhosa! Vamos preparar tudo com carinho."

Rosalie saiu quando o telefone tocou. Manoela sentou-se de volta na cadeira, girando-a de lá para cá suavemente. As estações traziam surpresas. O outono tinha terminado com a despedida dos empregados temporários, após a colheita das frutas. Lucas anunciou que, além de lavar pratos no restaurante do Vinhedo Ricci, ele começaria a lavar as hortaliças para as saladas. Segundo ele, aquilo era uma grande promoção. Suas economias cresciam na conta-poupança, e ele já falava em comprar um carro assim que a idade permitisse.

Foi a tarde de jogos dois meses antes que consolidou a amizade de Manoela e Enzo. Nas semanas seguintes ao constrangedor comentário de Lucas sobre a mãe não ter ninguém especial, Manoela encontrava oportunidades de mostrar ao amigo e sócio que essa amizade era importante. Mesmo cansada, ela ajudara nos jantares de fim de ano, sob os olhares suspeitos de Gemma. Por outro lado, Enzo vinha ao seu socorro quando o trabalho no pomar se acumulava. Isso ia além da troca de favores — era um companheirismo gostoso e despretensioso.

Isadora tinha sugerido, no jantar de Natal em sua casa, que Enzo olhava a cunhada com olhar especial. Manoela discordou, mas passou o jantar tentando interpretar os sorrisos que ele lhe dava. Ao que tudo indicava, Enzo continuava não tendo relacionamento com uma mulher especial.

Em um dos jantares do Restaurante Ricci no fim de ano, Manoela vira uma das clientes escrever alguma coisa em um guardanapo de papel e enfiar o bilhete no bolso do avental de Enzo. O andar de gata da mulher não deixara dúvidas do conteúdo da mensagem. Com a bandeja na mão, servindo canapés, Manoela observara o sorriso dele para a mulher. Quando a cliente sensual se afastou, como se estivesse em uma passarela de moda em Milão, Enzo foi para um canto do salão, leu o bilhete e discretamente o amassou, jogando-o no lixo. Naquela hora, Manoela tivera que lidar com um sentimento de satisfação que a obrigara a sorrir. Ela tentara se convencer de que só estava feliz pelo fato de seu amigo não cair na armadilha de um encontro por conveniência.

Manoela voltou a atenção para a planilha a sua frente no escritório frio. Até o início da primavera teria que resolver a questão do trator. Desligando o computador, ela olhou pela janela e suspirou. A neve caía leve, mas constante. O trânsito no centro de Kelowna àquela hora estaria pesado, mas Manoela tinha se comprometido a levar o pai ao médico. Ela não via a hora de chegar em casa e tirar o frio dos seus ossos. Talvez devesse passar em uma loja e comprar um aquecedor melhor para o escritório. Porém, ao voltar do médico com o pai, Manoela preferiu correr para casa, tomar um banho quente e colocar a roupa mais confortável do armário antes de preparar o jantar.

No caminho para casa, Lucas mandou uma mensagem avisando-a que Enzo o tinha chamado para fazer umas horas extras no restaurante. De calça de ginástica e um suéter velho que lhe abraçavam o corpo, Manoela desistiu de cozinhar só para si. Abriu uma sopa enlatada e fez um sanduíche. Se Enzo visse aquele jantar ficaria horrorizado. Ele conseguia fazer um belo prato com apenas uma cenoura e uma massa fresca. Bom, Manoela não era *chef*, e a preguiça de cozinhar determinava o que iria comer.

Sentada no sofá da sala, ela deixou o prato vazio na mesinha e abriu seu novo livro de *thriller*. Cobriu os pés com a colcha de retalho e suspirou com a combinação perfeita: barriga cheia, frio lá fora e aconchego dentro de casa. Foi no capítulo três que a mensagem de Enzo chegou.

Que tal uma experiência fora da caixinha?

No celular, Manoela checou a temperatura: -10°C. Quão fora da caixinha seria essa experiência? Contanto que não fosse ao ar livre, ela até poderia considerar. Manoela digitou perguntando que experiência, mas ele respondeu apenas:

Coloque roupas quentes.

Certamente ficariam do lado de fora. Manoela olhou pela janela, e o arrepio correu pelo corpo. A neve continuava. Sair do seu ninho seria difícil, mas quando Enzo escreveu que ele e Lucas a estavam esperando, ela jogou a colcha para o lado e foi se trocar.

A touca com um enorme pompom foi a última peça de roupa grossa que Manoela vestiu. As botas acolchoadas e impermeáveis protegeriam seus pés da crosta de gelo que tinha se formado lá fora. Deixando o carro no estacionamento do Vinhedo Ricci, Manoela subiu a escadinha dos fundos da sede, sendo recebida por Enzo, que ainda estava de uniforme de cozinha.

"Entre e venha tomar um chocolate quente primeiro."

Manoela tirou a touca e abriu o casaco. "O que estão arquitetando? Para onde vamos?"

Enzo riu e empurrou a porta da cozinha para ela entrar. "Lugar nenhum."

Ela parou e fez um movimento com as mãos, mostrando suas roupas pesadas. "E por que vim assim como uma exploradora do Polo?"

"Quero dizer que vamos ficar aqui no vinhedo, mas lá fora."

"Que dia você escolheu para passearmos." Ela enfiou a touca no bolso largo da parka azul-marinho.

"Quem disse que vamos passear?" Enzo sumiu pelas prateleiras de aço cheias de utensílios e voltou com uma caneca grande, de onde saía um aromático vapor. Ele indicou uma cadeira da mesinha de canto da cozinha. "Sente-se."

Manoela obedeceu e abraçou a caneca com as mãos, sentindo o frio deixar sua pele.

Lucas apareceu de avental, segurando um pano de prato, e disse que iria se trocar. Enzo balançou a cabeça para ele e voltou a atenção para Manoela. "Vamos colher uvas."

Ela olhou por cima da borda da caneca. "Nesse frio?"

"Justamente nesse frio."

"Achei que as uvas congelavam no inverno."

"Essas uvas precisam estar congeladas."

Manoela deixou a caneca na mesa. "*Icewine*. Claro. Tinha me esquecido de que produziam esse vinho."

Manoela estava longe de ser perita em vinho, mas para quem cresceu no Vale do Okanagan, o conceito de *icewine*, vinho do gelo, era bem conhecido. O Canadá era o maior e melhor produtor da bebida licorosa, produzida no inverno.

Minutos depois, ela, Enzo e Lucas desceram a colina coberta de neve com lanternas nas mãos protegidas por grossas luvas. Enzo carregava uma caixa de madeira; Manoela e Lucas, tesouras de jardinagem. De longe, Manoela podia ouvir o barulho de um trator. Segundo Enzo, alguns empregados já tinham começado o trabalho.

"O que vamos colher é só pelo prazer de participar do processo," Enzo disse e apontou a luz da lanterna para um corredor de vinhas.

Manoela sacudiu os braços. "Prazer? Nesse frio?"

Lucas, que ia na frente, olhou para a mãe por cima do ombro. "Logo vai estar suando."

Enzo riu e colocou a caixa no chão congelado. Explicou como cortar os cachos de uva, e o trabalho começou. De fato, apesar de não sentir direito a ponta do nariz gelado, Manoela afrouxou o cachecol. O calor do corpo a animou. Sob o som do motor do trator, os três foram enchendo a caixa. Entre um cacho e outro, Enzo dava algum detalhe da produção do vinho doce. Sob baixas temperaturas, a água da uva congelava e, quando prensada, o suco se separava, criando uma bebida que lembrava um xarope.

"Deve ser bem gostoso." Lucas deixou mais um cacho na caixa.

Enzo bateu no gorro dele. "Infelizmente você só vai poder provar daqui a quatro anos."

"Três anos e meio," o menino corrigiu.

O companheirismo de sempre acompanhou o trabalho de Manoela, Lucas e Enzo. Sob o céu pontilhado de estrelas, eles conversavam de coisas corriqueiras e riam. Aquela era mesmo uma experiência fora da caixinha para Manoela, que colhia seus frutos debaixo de sol escaldante ou na estufa quente.

Depois que Enzo lhes mostrou as tinas onde as uvas seriam processadas, eles voltaram para a cozinha para outra rodada de chocolate quente. Com o corpo aquecido, Manoela avisou que precisava ir embora. Enzo levou mãe e filho até o estacionamento. Lucas tomou seu lugar no banco do passageiro e se enroscou como um gato. Ainda do lado de fora do carro, Manoela agradeceu a Enzo pela experiência.

"Depois venha provar o vinho." Ele balançou o pompom do gorro dela.

Ela concordou com um movimento leve da cabeça. A luz do poste iluminava o rosto de Enzo, que trazia o mesmo olhar que Manoela tinha notado algumas vezes. Era como se ele tivesse alguma coisa para falar, mas hesitasse. Lentamente, Enzo tirou uma mecha do cabelo de Manoela do rosto e a enfiou debaixo da touca. Manoela segurou na maçaneta da porta e a puxou, os olhos presos nos de Enzo.

"Tenha uma boa noite." Ele aproximou-se para beijar Manoela no rosto como fazia.

Ela fechou os olhos e sentiu o vapor gelado que saía da boca de Enzo. Apesar do frio, os lábios dele estavam quentes quando pousaram em seu rosto. O beijo do outro lado demorou mais e foi acompanhado do toque dos dedos dele sem luvas na nuca dela, mandando fogos de artifício para sua cabeça. Manoela agarrou a maçaneta, e o alarme do jipe tocou.

Dando um boa noite apressado, ela se jogou no banco do carro, fechou a porta e pisou no acelerador com o olhar de Lucas a observando. Do retrovisor, ela viu Enzo enfiar as mãos nos bolsos do pesado casaco e acompanhar o jipe com o olhar até que ambos sumissem do campo de visão do outro.

O coração de Manoela continuou acelerado com o jipe no caminho para casa.

CAPÍTULO 23

"Terra chamando Manoela." Rosalie sacudiu o braço da amiga.

Segurando uma caixa de pés de chicória, Manoela acordou do transe. Sim. Estava pensando no que tinha acontecido entre ela e Enzo na noite anterior. Ou o que não tinha acontecido. "O que foi?"

"Você estava com uma cara de princesa que viu o sapo virar príncipe." Rosalie pegou a caixa das mãos de Manoela.

"Que ideia."

"O que aconteceu ontem no vinhedo?"

Manoela arregalou os olhos. "Como sabe que fui lá?"

"Lucas. A gente se encontrou no ponto de ônibus."

"Para onde você ia de ônibus?"

Rosalie colocou a caixa no chão e as mãos na cintura. "Não é essa a questão, amiga. Quero saber o que aconteceu no vinhedo."

"Seu informante deve ter dito que colhemos uvas congeladas." Manoela se abaixou e arrancou um pé de alface, colocando-o em uma caixa vazia no chão.

Rosalie desceu ao seu nível. "Disso eu sei. Quero saber o que aconteceu entre você e Enzo quando Lucas não estava por perto."

"Ele sempre está por perto." Manoela se espantou com a ênfase que deu à palavra *sempre*. Por que a sutil irritação?

"Aha, está aí a frustração."

Manoela puxou outro pé de alface. "Não tem nada disso." *Não mesmo?* A vozinha no canto de sua mente a provocou. "Já lhe disse mil vezes: temos uma ótima amizade."

"Sei." Rosalie levou a caixa de chicória para fora da estufa.

Por que essa mania que todos têm de ficar insinuando que existe outra coisa além de amizade entre mim e Enzo? Nas últimas semanas, até a mãe de Manoela perguntara sobre Enzo com um interesse estranho no tom de voz. Isadora tinha parado com as insinuações verbais, mas o olhar mostrava outra coisa.

O beijo mais demorado e o toque sutil de Enzo na despedida da noite anterior podiam ter sido apenas sua impressão. Talvez o frio e o cansaço tivessem deixado sua mente confusa. Enzo nunca tinha avançado mais do que Manoela permitia. Não que ele parecesse desejar avançar qualquer sinal. Enzo era um homem atraente de aparência e modos masculinos bem polidos. As mulheres o rodeavam como abelhas no açúcar, mas ele escorregava como um sabonete de suas investidas, algumas vezes pouco sutis. O seu passado continuava um mistério para Manoela, e a história da queimadura na perna permanecia incompleta.

Enzo falava com carinho do amigo e mentor Ebele, mas pouco se abria das coisas que o *chef* nigeriano o havia ensinado além da culinária. Pelo que ele contara à Manoela, os dois homens conversavam semanalmente, e atualmente faziam um estudo virtual do livro de Provérbios.

Sabedoria. Enzo buscava sabedoria, e isso refletia em seu caráter. Manoela já tinha ouvido o próprio filho citar alguns versos quando conversavam. Era bom que Enzo passasse mais do que conhecimento de cozinha a Lucas. O que será que os dois conversavam além disso?

Quando a caixa estava cheia de pés de alface, Manoela a levou para o depósito e foi para o escritório. Com a mente em outra dimensão, ela abriu a correspondência — conta, conta e mais conta. Nenhuma novidade. Um panfleto lhe chamou a atenção. As imagens de tratores reluzentes e a promessa de suaves prestações saltaram do papel. Diogo diria que o gasto era um investimento, mas Manoela se sentia muito cansada de ver a pilha de contas a pagar para pensar em mais gasto. Ele e Isadora estavam investindo pesado no programa de TV. Diogo tinha experiência no mundo financeiro, e sua esposa tinha criatividade de sobra. Um apoiava as loucuras do outro. Manoela, porém, lutava sozinha para manter um negócio que era o seu sustento, do seu filho e do pais. Não era um jogo de tabuleiro. As apostas não eram com fichas, mas com dinheiro de verdade.

Jogando o panfleto na lixeira, ela entrou no *website* do banco para sua dose diária de desânimo.

Lucas jogou a mochila com força no chão da cozinha. Manoela abaixou o fogo da carne que cozinhava na panela e olhou para o filho.

"O que aconteceu?"

"Enzo disse que não posso trabalhar essa semana." O rapaz andou de um lado para o outro com os braços cruzados e as sobrancelhas quase se encostando acima do nariz.

"Por que não?" Ela viu o olhar de cachorro perdido do filho e já sabia a resposta.

"Tirei nota baixa em matemática."

Manoela mexeu a carne e voltou a atenção a Lucas. "Não era esse o combinado?"

Lucas puxou a cadeira e se sentou, apoiando o cabeça nas mãos. "Eu queria ajudar na compra do trator."

O coração de Manoela derreteu como manteiga na frigideira. Ela desligou o fogo da carne e arrastou uma cadeira para o lado do seu filho, passando o braço pelo seu ombro ossudo. "Ah, Lucas." Ela segurou as lágrimas. "Não se preocupe com isso. Uma solução há de aparecer."

O rapaz se levantou, a cadeira quase caindo no chão. "Mãe, acha que não vejo sua frustração? Você e a Rosalie trabalham como loucas, quase nunca descansam. Nem à igreja conseguem ir mais. Isso porque é inverno. Como vai ser na primavera e no verão sem o trator?"

Manoela entrelaçou os dedos no colo. O filho gesticulava, os longos braços desengonçados voando no ar, enquanto falava. O nó na garganta de Manoela ficou mais apertado. Não imaginava que Lucas se preocupasse com isso. Ele queria comprar um carro no futuro. Por que a mudança de ideia? "Filho, admiro seu trabalho, mas Enzo tem razão. Os estudos são mais importantes agora. Não quero que encha sua cabeça com meus problemas."

"Nossos problemas, mãe. Não sou criança. Enzo disse que se eu quiser virar homem tenho que assumir responsabilidades, o que meu pai não fez. Eu odeio meu pai!"

O coração de Manoela disparou. Era verdade que ela própria detestava Mark, mas não achava certo que seu filho tivesse esse sentimento de desprezo pelo pai. O quanto o rapaz falava disso com Enzo? Que conselhos ele dava ao rapaz? Por um instante, Manoela desejou ligar para ele e ouvir a voz forte e tranquila. Enzo teria uma resposta.

Manoela aproximou-se do filho e segurou suas mãos. "Lucas, não gostaria que você falasse assim do seu pai."

Ele puxou as mãos. "Eu odeio, odeio, odeio meu pai." Saindo da cozinha, Lucas bateu a porta do quarto.

A carne foi esquecida em cima do fogão. Manoela vestiu o casaco pesado e entrou no jipe. A pressão era muita e precisava de ombros fortes naquele momento. Não qualquer ombro — os ombros do seu amigo. Os ombros de Enzo.

CAPÍTULO 24

Na estrada escura, Manoela deu-se conta da besteira que estava por fazer. Não poderia levar um problema tão íntimo para Enzo. Abrir a caixa de pandora com ele seria expor seu coração, sua falta de sabedoria ao ter se casado com Mark e a amargura do passado com consequências sérias no presente. A decisão insensata do casamento tinha gosto de jiló cru, e deixara marcas profundas nela e em Lucas. E se Enzo pensasse que era uma cantada? Que ela estava se fazendo de vítima para insinuar que queria mais do que uma amizade?

Parando no acostamento, Manoela deu seta para fazer meia volta quando uma mensagem chegou.

Lucas me disse que brigaram e que você pegou o carro e saiu. Querendo conversar, estou aqui.

Manoela jogou o telefone no banco do passageiro como se ele desse choque e desligou a seta. Colocou a cabeça no volante e esperou a mente parar de girar. Olhando para frente, ela viu a sede do vinhedo iluminada no topo da colina. Dando seta, Manoela pegou a estrada naquela direção. Ao subir a estradinha, ela ensaiou que desculpa daria para chegar tão rápido. Enzo não cairia em conversa fiada. *Ah, que coincidência. Estava passando por aqui quando recebi sua mensagem.*

Enzo parecia ter a capacidade de ler os pensamentos de Manoela, tanto que estava no estacionamento quando ela chegou no jipe. Foi ele que abriu a porta do carro. Foi ele que a abraçou apertado e a levou para a saleta com a lareira acesa. Ele tirou sua parka azul-marinho e a colocou no cabideiro. Manoela deixou-se levar, enquanto ele a direcionava para o sofá de couro. Enzo a cobriu com uma manta branca felpuda e se sentou ao seu lado.

Ela olhou para aqueles olhos escuros que lhe mandavam uma mensagem silenciosa. A torrente de palavras veio sem ensaios. "Meu filho diz que odeia o pai. Eu também o odeio. Ele me deixou com uma criança para criar, dívidas para pagar, cacos para catar. Os pedaços da minha dignidade se espalharam, e precisei de anos para recuperá-los. Tive que lidar com palavras maliciosas e palavras de pena. Sabe o que é isso? Humilhação. Engoli tudo por causa de Lucas. Também não quis preocupar minha família. Diogo morava em Vancouver e não tinha tempo para nada além do trabalho de consultor financeiro. Meus pais sofreram ao ver a filha sangrando. Não me sentia capaz de grande coisa, grandes feitos. O pomar era um enigma para mim, as pragas, um mistério. Tive que aprender. O desânimo eu só vencia ao olhar para meu filho dormindo depois de um dia puxado para nós dois. As alternativas eram me entregar ou recomeçar. Ninguém podia tirar a dor do meu peito. Não me casei para fracassar, mas fracassei. Sim, não fui eu quem saiu de cama em cama, mas a escolha foi minha de assumir um compromisso com alguém que eu sabia que não levava esse tipo de coisa a sério. Ignorei todos os alertas quando meus pais se opuseram, quando eu mesma via os olhos distraídos de Mark com qualquer rabo de saia, quando ele me chamava de quadrada e beata. Fechei os olhos quando ele não parava em emprego nenhum e ficava em casa dormindo de cueca ou ouvindo música, cansado demais das gandaias da noite anterior." Ela soltou um suspiro forte e apertou os olhos com os dedos. Enzo inclinou o corpo para frente e fez menção de tocar no rosto de Manoela, que balançou a cabeça negativamente.

"Aonde cheguei até hoje?" Ela soltou uma risada. "Não muito longe. Administro um pomar que opera à beira do vermelho. Então, Lucas diz," sua voz falhou. Ela engoliu em seco. "Diz que quer me ajudar a comprar um trator, que odeia o pai." Suas palavras se embolaram, e as lágrimas rolaram livremente.

Enzo lhe passou uma caixa de lenços de papel e se levantou. No canto da saleta, ele preparou um chá no aparador e trouxe a caneca quente para Manoela. Ela apertou a caneca com as mãos e desejou apagar a última meia hora. Enzo não precisava saber das suas dores. Pouco se conheciam. Eram sócios. Ele insistia que eram amigos, mas ela mantinha suas mágoas e frustrações bem trancadas no peito. Seus pais precisavam ser poupados de mais tristeza, Diogo e Isadora precisam seguir seu próprio caminho. Rosalie sabia da história de Manoela, mas, entre o plantio e a colheita, havia pouco tempo para conversas íntimas e profundas. Tudo era corrido, e o que Manoela desabafava era em forma de conta-gotas. Ali, com Enzo, era a primeira vez que ela deixara jorrar a água amarga que se estagnava na alma. Uma água malcheirosa, que poucos sabiam da existência. Ah, claro, Deus sabia, sabia em suas orações interrompidas pelo sono no fim de um dia cansativo, com pepinos para colher e pepinos para resolver.

Deixando a caneca na mesinha ao lado, Manoela assoou o nariz e limpou os olhos. "Preciso ir." Ela se levantou, a manta escorregando pelas pernas, mas Enzo colocou a mão em seu ombro, fazendo uma leve pressão. Manoela dobrou os joelhos devagar e se sentou. Ele pegou o celular e digitou alguma coisa. Olhou para Manoela em seguida.

"Avisei ao Lucas que você está aqui. Fique mais um instante."

O coração de Manoela disparou quando ele se sentou ao seu lado, colocou o braço em seu ombro e a puxou para si. Ela tensionou o pescoço, mas logo o relaxou com a suave massagem que Enzo fez em sua cabeça. Ela a encostou no peito dele.

"Você é uma mulher forte, Manoela. O que lhe aconteceu não a derrubou, mas criou fibra. Discordo do que disse que não chegou longe. Chegou sim. Administra o pomar quase sozinha. Criou um filho maravilhoso, educado, obediente, um filho que ama e admira a mãe."

Manoela ouvia as palavras dele de olhos fechados, como se fossem música. Quantas pessoas a elogiavam? Seu pai e sua mãe. Só. Sabia que Rosalie a admirava, mas a mulher não era dada a palavras doces. Diogo e Isadora a incentivam sempre, mas as palavras de afeição eram reservadas um para o outro. Ouvir Enzo, mesmo que nem tudo fosse verdade, era um grande afago na alma. Era uma gota de água limpa. Ele continuou:

"Nesse tempo que estou aqui, tenho visto sua coragem e determinação. Meu pai já tinha falado dessa mulher, dona do pomar, com grande admiração, mas achei exagero. Até conhecê-la. Não faço ideia do que viveu com seu ex-marido e entendo perfeitamente sua raiva. Só espero que esse sentimento que tem por ele não seja um peso grande demais para carregar."

Manoela refletiu sobre aquelas últimas palavras. Era verdade que o ódio era um peso. As pessoas ao seu redor acreditavam que ela tinha perdoado Mark, mas não tinha. E, pelo visto, essa raiva contaminou seu filho. "É um peso grande." Ao sussurrar aquela verdade, Manoela suspirou.

Enzo afastou-se um pouco, obrigando Manoela a levantar a cabeça e a encará-lo. "Já carreguei um peso assim. O ódio era de mim mesmo. Talvez minha história possa esclarecer algumas coisas para você, mas tenho um grande receio."

Manoela inclinou a cabeça. Os olhos dele pediam dela alguma coisa. "Que receio?"

Enzo abaixou os olhos, soltou as mãos dos ombros de Manoela e ficou em silêncio. O coração dela disparou. O que ele estava prestes a dizer, e qual era esse grande receio? Os segundos passaram como se fossem horas. Suspirando, Enzo olhou para Manoela, que notou os lábios ressecados dele.

Ele passou a mão na perna da calça escura, onde Manoela sabia que estava a queimadura. "Essa queimadura foi a gota d'água de uma série de comportamentos repreensíveis da minha parte. Agradeço a Deus por ter me deixado essa marca. Ela constantemente me lembra de onde vim e para onde estava indo. Como disse a você no vinhedo um tempo atrás, eu merecia ser arrancado da videira de Deus e jogado no fogo, mas ele teve misericórdia de mim."

Manoela abraçou o próprio corpo, esperando o impacto da história de Enzo, que poderia consolidar sua amizade ou separá-los.

CAPÍTULO 25

Manoela ajeitou-se no sofá como se ele estivesse cheio de espinhos. Ela puxou a manta até o queixo. Os olhos de Enzo examinavam seu rosto. Ele parecia em dúvida se abria ou não os lábios ressecados para continuar seu discurso. Por que Deus o queimaria e o jogaria para longe da videira? Que atitude tão desprezível ele teria tido que merecesse tanta misericórdia? Manoela ouviu sua própria voz de repreensão, lembrando-se do que acabara de contar a Enzo. O poço de água contaminada de veneno de amargura e ódio permanecia em sua alma, apertando-lhe a boca do estômago, causando-lhe queimação.

Enzo levantou o olhar e encarou Manoela. "Desde pequeno me interessei por gastronomia. Em uma família italiana onde a comida é um meio de vida, aprendi com minhas avós e meus pais a tradição culinária, passada de geração a geração. Aos vinte anos, larguei os estudos para seguir o rastro de *chefs* que eu admirava. Meus pais não gostaram muito no início, mas logo viram que eu tinha talento. Os contatos da minha família me levaram a várias cidades italianas e depois a Paris. Os anos foram passando e fui crescendo na hierarquia da cozinha. O que também cresceu foi minha arrogância. Comecei a me achar melhor que todos." O semblante dele ficou pesado. Manoela viu angústia em seus olhos. "Minhas conquistas não se resumiam a prêmios culinários. O mundo feminino me fascinava. Hoje digo isso com vergonha, mas as mulheres se aproximavam de mim sem eu fazer esforço. Sei que muitas esperavam algo mais de mim do que badalações em altas rodas da sociedade. Eu não levava nada disso a sério. Meu pai ficava irado. Minha mãe chorava. Zia Gemma gritava, dizendo que eu era a vergonha da família. Ela dizia que confessava com o padre a respeito dos meus pecados." Enzo deu um sorriso amarelo. "Eu ria dela. Eu falava para ela que aquilo tudo era balela de gente mal resolvida."

A angústia de Manoela se revirava no peito. Ela ouvia do próprio Enzo que ele não era muito diferente de Mark? Ela olhou para a porta, a vontade de correr e fugir foi crescendo. Como podia se enganar tanto com os homens? Manoela tinha acabado de abrir seu coração carregado de amargura, e Enzo jogava pás de lixo em cima dela? Por que ele não a poupava e já pulava para o final feliz? Se existisse, de fato, um final feliz. Paralisada no sofá, Manoela esperou. Fugir agora seria correr com um peso extra nos ombros. Precisava esperar esse final feliz caso ele existisse.

Enzo apertou as mãos e olhou para ela. "Não pense que é fácil falar sobre isso. Estou convencido de que não posso simplesmente arrancar essas páginas do livro da minha história. Elas precisam permanecer para me lembrar de onde vim e do que fui resgatado. Antes e depois do perdão de Deus."

Uma centelha de alívio se acendeu em Manoela. Ele foi resgatado. A queimadura. Claro, ele já tinha falado sobre isso em outras palavras, mas sentada de frente a ele, ouvindo detalhes de uma história embaraçosa, Manoela reviveu um pouco do que tinha passado com Mark. Ela descobrira sobre a vida dupla do ex-marido através de uma conhecida. No princípio, Manoela descartara a conversa, tentando se convencer de que era um mal-entendido, que Mark fora pego aos beijos com a vizinha dessa conhecida no elevador do prédio onde ela morava. Quando outra história semelhante surgiu, Manoela buscara uma explicação plausível mais uma vez: as pessoas adoravam intrigas e fofocas, adoravam inventar histórias picantes para animar seus dias. Até que a própria Manoela seguiu Mark, que dissera que faria uma viagem a trabalho. E ela vira, com seus próprios olhos, uma morena de perigosas curvas no corpo entrar no carro de Mark no estacionamento do shopping. E seu mundo desabara. Os alertas fizeram sentido.

De uma jovem alegre e cheia de vida, com um filho de quatro anos, Manoela entrara em profunda depressão. Seus pais acharam que ela estava doente. Diogo viera de Vancouver. Manoela não abrira a boca nem para falar do que tinha visto, nem para comer. Quando Mark voltou da tal viagem dois dias depois, Manoela juntara todas as forças restantes e avançara nele como uma onça com filhotes. Seus pais e Diogo presenciaram a cena sem entender o que estava acontecendo. Mark ainda tentara convencer a família de que Manoela estava desequilibrada. Foi Diogo que agarrara Mark pelo braço e o levara para fora da casa.

Quando ele entrou de volta, o rosto lívido e o punho ensanguentado, abraçou a irmã e chorou com ela. Sr. Marques e Dona Maria olhavam atônitos, até que Diogo lhes contou a verdade que arrancara de Mark com um pouco de persuasão dos punhos.

Depois daquela confissão forçada, Mark desaparecera, enquanto Manoela catava os cacos do seu sonho espatifado. Ela passou algumas semanas na casa dos pais com Lucas até que se sentisse forte fisicamente para voltar para casa. Diogo começou a passar os fins de semana com a família para ajudar a irmã. Sr. Marques adoeceu, e Manoela se viu obrigada a pegar mais e mais responsabilidade no pomar. Dona Maria olhava Lucas. Assim a vida seguiu seu curso, e Manoela viu Mark uma única vez no fórum, quando finalizaram o divórcio. Ele mandava uma mirrada pensão para o filho, que era a única coisa que o ligava a Lucas. Anos depois, Diogo deixou o excelente trabalho em Vancouver e se juntou à família, começando um negócio de reforma de casas. E foi ele que assumiu o papel de pai para Lucas.

A história que tinha ficado arquivada no porão da mente de Manoela tinha ressurgido com sua poeira tóxica, agitando as águas podres da mágoa. Ouvindo Enzo, ela imaginou quantas mulheres ele tinha destruído no caminho, como Mark fez.

Enzo tocou de leve na mão dela, e ela a puxou de volta. "Por que está me dizendo tudo isso?" *O que não daria para apagar essa confissão de Enzo?*

"Porque sem deixar essa história às claras nunca poderei me aproximar de você como desejo."

Manoela arregalou os olhos. Aproximar como? Naquele momento exato, o que ela mais queria era sair correndo pela estrada, gritando até o peito explodir. Queria correr para seu filho, abraçá-lo, fugir com ele de Enzo, do Vinhedo Ricci, do Pomar Marques, recomeçar em algum lugar bem longe. Não podia permitir que seu Lucas permanecesse na companhia de um homem parecido com seu pai. *NÃO!* Lucas transferiria o ódio do pai para Enzo quando soubesse da história do *chef*. Manoela sentia-se em uma máquina de lavar, girando de um lado para outro sem conseguir se aprumar. Pulara da frigideira para cair no fogo. Fugira do inimigo para buscar consolo com outro como em um filme de terror de segunda classe.

Levantando-se, Manoela jogou a manta no sofá, correu para a porta e puxou a parka do cabideiro, que balançou como uma árvore prestes a cair. Enfiou os braços nas mangas de forma descoordenada. Os dedos trêmulos se atrapalharam com o zíper, e ela soltou um palavrão. Enzo saltou do sofá como se fosse de mola e em segundos estava ao lado de Manoela.

"Por favor, ouça. Não deixe minha história pela metade. Prometo, ela tem um final feliz. Depois de ouvir tudo, tome sua decisão se quiser se afastar de mim para sempre. Não vou insistir. Só desejo mais uns minutos de você, nada mais."

Manoela soltou o zíper e ficou de pé no meio da saleta. "Não mais que cinco minutos."

Enzo balançou a cabeça, concordando, e passou as mãos pelo rosto. De pé, ele fixou os olhos na mulher à sua frente. "Fui trabalhar com Ebele em Montreal. Sempre admirei o trabalho dele e consegui uma oportunidade em sua cozinha. Ele é um homem alto com rosto sério. Lembra um lutador de boxe. Não tolera indisciplina, e fui descobrir, nem na cozinha, nem na vida pessoal. Ele tinha acabado de perder a esposa quando cheguei. Tiveram quatro filhos, todos bem-criados e de sucesso em suas profissões. Ebele é do tipo de pessoa que parece nunca se cansar. Veio da Nigéria ainda menino, mas nunca se esqueceu da origem humilde."

Manoela olhou de relance para um relógio de parede. Minutos preciosos já tinham se passado, e Enzo contava a história do seu mentor. Quando retomaria seus capítulos dramáticos?

"Estou lhe dizendo isso tudo para entender quem foi usado para me tirar daquela vida que me levava para mais baixo e mais baixo, como em um escorregador que terminava no esgoto." Enzo sentou-se na beira do sofá e correu os dedos pelo cabelo encaracolado. "Um dia, eu cheguei atrasado na cozinha. Ebele não precisou dizer nada para eu saber pelo olhar dele que eu estava em apuros. Ele se aproximou de mim com um facão na mão. Por um instante, achei que ele iria me ferir. Quando ele abria a boca, sua voz era de um trombone, mas ele falou baixo. Disse que o que eu estava fazendo era me esfaquear aos poucos. Eu ri. Não entendi. Achava que minha vida estava indo muito bem, obrigado. Ebele voltou a cortar os legumes. Minutos depois, um homem entrou na cozinha. Uma das cozinheiras veio atrás dele, dizendo que não podia estar ali. O homem correu os olhos por entre as prateleiras de metal. Eu sabia que era encrenca. Ele era namorado de uma das mulheres com quem eu tinha saído naquela semana. Fingi que não era comigo. Ebele tentou tirar o homem, mas ele me achou escondido entre o fogão e uma pilastra. Veio até mim e me deu um soco no rosto. Ebele o puxou pela camisa. O homem pegou uma socador de pilão e o atirou na minha direção. Eu errei o passo para fugir e segurei na panela com água fervendo." Enzo passou a mão na perna. "A queimadura foi a dor mais intensa que senti. Ebele me acompanhou na ambulância. Precisei de enxerto de pele. Fiquei no hospital por vários dias. Tive infecção. Ebele vinha me ver todos os dias. Não falava nada, só dizia que voltaria no dia seguinte. E assim foi."

Manoela puxou uma cadeira e se sentou. Sua pele ardia como se ela tivesse levado um banho de água quente também. Ela viu o leve repuxar no rosto de Enzo, como um tique nervoso. Os ponteiros do relógio avançavam.

"Quando tive alta, Ebele me levou para sua casa. Eu disse que podia cuidar de mim mesmo. Ele me ignorou. Do hospital, ele tomou o caminho que eu sabia que não era do meu apartamento. Fiquei no quarto do filho mais velho. As paredes eram forradas de medalhas, e as prateleiras, cheias de troféus de competições de natação. Fiquei de repouso mais um tempo. Eu perambulava pela casa quando Ebele não estava. Entrava nos quartos e via a decoração. A filha era veterinária e outro filho, arqueólogo. Eram pessoas de sucesso, mas o que acabou chamando minha atenção foram as fotos de família, que tomavam todo o corredor que dava para os quartos. A esposa falecida, sempre sorridente. Os filhos em várias idades; depois dois bebês, os netos de Ebele. Um grande incômodo me levou a ligar para meus pais. Eles não sabiam do acidente com a água quente. Contei-lhes tudo. Minha mãe entrou em desespero e disse que viria me visitar e me levar para Kelowna. Eu disse que, quando melhorasse, lhes faria uma visita. Eles se acalmaram, mas eu estava em grande turbulência. A água fervendo pareceu queimar minhas entranhas. Quando Ebele voltava para casa, ele só falava de coisas corriqueiras. Achei estranho porque ele é um homem de grande sabedoria. Eu comecei a desejar suas palavras de encorajamento, que tudo iria ficar bem. Ao mesmo tempo, não conseguia me abrir, dizer que tudo queimava e ardia."

Manoela esqueceu-se do relógio. Seus sentidos estavam aguçados. "O que aconteceu?"

Enzo suspirou, e os ombros tensos relaxaram. "Todo domingo, Ebele ia à igreja. Nunca me chamava, mas um mês depois, ele simplesmente disse que eu iria com ele. Quis protestar, claro. Não precisava de sermão na minha vida. Já tinha muitos dos meus pais e de Zia Gemma. Eu só queria que a dor que sentia dentro desaparecesse. Acabei indo com Ebele duas vezes. Depois, já de volta em casa e ao trabalho, parei de ir. Também parei com as festas. Uma coisa martelava na minha cabeça — por que Ebele não tinha me expulsado da sua cozinha? A pergunta persistiu até que perguntei a ele. Ele disse simplesmente que os doentes precisavam de cuidado. Eu sabia que ele não se referia à queimadura, que estava cicatrizando. Um dia, em uma festa, uma mulher deslumbrante largou um bilhete no bolso da minha camisa nova de *chef*. Eu tinha acabado de receber uma promoção no restaurante. A mulher tinha deixado o bilhete no caminho para o banheiro. Eu estava no balcão supervisionando a saída dos pratos. Quando ela voltou, piscou para mim e foi para sua mesa. Sentou-se ao lado de um homem e de uma criança. Uma náusea enorme tomou conta de mim. Fui ao banheiro e vomitei. Encostado na parede do cubículo, tirei o bilhete dela com seu número de telefone."

Manoela lembrou-se da cena semelhante na festa de fim de ano do vinhedo. Na beira da cadeira, ela entrelaçou e apertou os dedos.

"Ebele bateu na porta do banheiro, querendo saber se eu estava bem. Abri a porta e lhe entreguei o bilhete. Ele olhou para mim e perguntou o que eu faria a respeito. Eu peguei o papel de volta e o joguei no vaso, dando descarga. Ebele então disse com sua voz de trovão, "Agora você está pronto para a reabilitação. Saiu da UTI.""

CAPÍTULO 26

O ponteiro dos minutos fez uma meia volta no relógio de parede. Manoela tirou a parka e a jogou no encosto da cadeira. Ao examinar o rosto de Enzo, a testa levemente franzida, os cabelos em desalinho pelos dedos que corriam por ele vez ou outra, ela foi tomada pela vontade de interromper a história. Uma frase de Enzo martelou em sua cabeça: *sem deixar essa história às claras, nunca poderei me aproximar de você como desejo.* Ela estaria preparada para uma aproximação maior depois de ouvir sobre seus dias de Dom Juan, suspensos por uma panela de água fervendo?

"Quando foi isso, Enzo, que saiu da UTI existencial?" Pacientes transferidos do tratamento intensivo e levados para a enfermaria podiam sofrer grave recaída.

"Oito anos atrás. Ebele se colou em mim, mas de outra forma. Não me fiscalizava, nem me cobrava nada.

Ele fez um pedido apenas, que eu viesse voluntariamente prestar conta a ele das minhas atitudes. Ebele diz que a mudança verdadeira só ocorre quando há convencimento e coerência nas ações. Ele disse que não era um sargento, exigindo comportamento exemplar de fachada. No início, eu não entendi, mas com o tempo, eu mesmo o procurava para dizer das minhas recaídas. Um dia, eu e ele estávamos em um parque. Tínhamos acabado uma boa corrida e estávamos nos refrescando. Uma mulher muito bonita passou e sorriu para mim. Ebele me perguntou o que eu tinha visto. Eu ri e disse que um baita peixão. Ele balançou a cabeça e me pediu para pensar novamente, porque a resposta estava errada. Fiquei boquiaberto. Ele fez um sinal com a cabeça na direção da mulher que sumia entre as árvores. "Um ser humano, digno de respeito e valorização", ele respondeu. Fui para casa pensando nisso. Comecei a fazer um exercício toda vez que eu estava em público e via mulheres atraentes: *ser humano que precisava ser respeitado e valorizado*. Voltei para Ebele depois de uns dias e expliquei o que estava fazendo. Então ele literalmente me pegou pela mão e me sentou na poltrona da biblioteca de casa. Abriu a Bíblia. Leu várias passagens que falava sobre o valor das pessoas, por mais insignificantes que pudessem parecer. Eu perguntei, "Por isso você não me abandona?" Ele balançou a cabeça afirmativamente e respondeu, "Por que eu mesmo nunca fui abandonado por Deus quando minha vida tomou um rumo desesperador." Não vou entrar em detalhes, mas Ebele foi abusado na infância de várias formas. Ele disse que por muitos anos se viu como uma pilha de lixo ambulante até que descobriu o valor da sua vida."

Manoela limpou uma lágrima que escorreu pelo rosto. Enzo olhou para ela. "Você, Manoela, não é o que pensa. Seu valor excede a tudo o que imagina."

A água amarga do seu poço começou a remexer. Manoela estava ou esteve na UTI; não tinha certeza. Curada ela não estava. "O que aconteceu depois que você foi embora de Montreal?"

Ele suspirou. "Vim para Kelowna e trabalhei com meu pai por um tempo. Recuperei meu relacionamento com ele, minha mãe e Zia Gemma." Ele riu. "Bom, parece que meu relacionamento com minha tia deu uma degringolada."

Manoela soltou uma risada misturada a alívio. Enzo continuou, "Depois voltei para Montreal. Precisava ficar perto de Ebele para aprender, não a arte da culinária, mas a ser um homem digno como ele. Foram bons anos, os que passamos juntos. Acabei me mudando para a casa dele. Minha queimadura na alma finalmente começou a cicatrizar. Não me envolvi com nenhuma outra mulher por uns quatro anos. Conheci uma sobrinha do Ebele e me encantei. Namoramos com a aprovação dele. O namoro ia muito bem até que ela recebeu um convite irrecusável para trabalhar em Amsterdã."

Manoela tentou acalmar o coração para ouvir o que vinha pela frente. Onde estaria a namorada? "Entendo." Ela puxou a parka do encosto da cadeira.

"Funmilayo morreu inesperadamente. Coração. Ninguém sabia que ela tinha um problema congênito." Enzo apertou os olhos com os polegares. "Três anos atrás. Deus me deu alegria — esse é o significado do nome dela, mas foi com tristeza que recebi a notícia. Decidi então ir para a Itália e trabalhar por lá. Deus me deu, Deus me tirou a alegria, até que conheci você, enfezada, aqui nessa sala, perguntando onde estava meu pai."

Manoela amassou a parka nos braços. Estava com frio. Estava com calor. "Enzo..."

"Não diga nada, Manoela. Vou entender se não quiser mais me ver a não ser por causa dos negócios. Peço que pense. Não estou fazendo uma troca. Funmi será sempre uma pessoa especial para mim. Ela me ensinou como tratar uma mulher com respeito e honra, mas Deus achou por bem levá-la para ele. No funeral, eu abracei Ebele e disse que a Terra era um lugar hostil para uma alma tão esplêndida como a de Funmi. Foi a forma que achei de me consolar. Entreguei a dor a Deus e prometi a mim mesmo que meus olhos não vagariam mais. Eu tomei a decisão de me dedicar só ao trabalho e a cuidar dos que também saíam da UTI. Quem Deus colocou no meu caminho, eu ajudei de alguma forma, não para minha glória. Nada tenho ou sou que seja meu mérito." Ele apontou para o alto.

Lucas, Manoela pensou. *É o que ele faz com Lucas.* Enzo se levantou e pegou a parka das mãos dela. Ela se levantou, e ele a ajudou a vesti-la. Em silêncio, ele a acompanhou ao jipe coberto de fina neve. Enzo não a beijou no rosto como sempre fazia. Apenas abriu a porta para Manoela entrar. Ela se acomodou no banco frio e agarrou o volante. Enzo fez um aceno de despedida e esperou que ela manobrasse o carro. Mais uma vez, ela tomou a estradinha, olhando o vulto voltar à sede do vinhedo.

Manoela sabia que passaria a noite acordada, pensando na história que tinha acabado de ouvir. Pensando na proposta de Enzo. Ela estaria preparada para aceitar uma aproximação dele?

O asfalto negro e escorregadio de gelo parecia a superfície do lago em dias de vento: encrespado. As lágrimas embaçavam a visão de Manoela, deixando a paisagem escura que passava pela janela do jipe embaralhada. Ela apertou o volante e tentou engolir as lágrimas. Em vão. Elas desceram como duas cascatinhas pelo seu rosto. A vista embaçada fazia as luzes da cidade dançarem. Precisava chegar em casa, jogar-se na cama, cobrir a cabeça. A jornada de Enzo a tinha arrebatado. Manoela se sentia em um mundo paralelo. Dez anos. Ela se agarrava à mágoa por dez longos anos. Ainda estava entubada e monitorada por aparelhos. A raiva destinada a Mark alvejava ela própria. Seu filho absorvia aquilo. As palavras de Lucas, dizendo que odiava o pai, eram prova disso. Manoela contaminara seu filho. Ela precisava de um Ebele em sua vida. *Não*, a voz veio quase audível. *Você precisa de mim. Eu uso as pessoas que quiser para seu processo de cura. Não está sozinha, mas precisa abrir a tampa desse poço de água amarga.*

Depois de dez anos, como ela abriria um poço daquele? Seus pais estavam velhos e debilitados. Diogo e Isadora tinham sua vida. Rosalie, pouco tempo.

Manoela estacionou o carro ao lado da casa. Ficou um tempo no escuro, a cabeça apoiada no volante. Tomando coragem, entrou em casa. Largou a bolsa e a parka no sofá e foi direto ao quarto de Lucas. Tateando, ela sentiu o corpo comprido do filho. Tocou em seu rosto e o beijou. Pediu perdão a ele com um sussurro. Ele se mexeu e virou para o outro lado, ressonando baixinho.

Na cozinha, Manoela navegou no escuro e fez um chá. Sentou-se à mesa, a xícara quente esquentando suas mãos ainda frias e trêmulas. Repassou a história de Enzo, surpresa por se lembrar dos detalhes. Ele não tinha passado por um enxerto de pele apenas. Foi reenxertado na vinha. Manoela, porém, era um galho seco. Em sua posição de vítima, deixou-se levar pela autocomiseração. Lambia constantemente suas feridas. Como esvaziar seu poço escuro?

De cabeça baixa, ela pediu socorro a Deus. Por ela. Por Lucas.

CAPÍTULO 27

Lucas tinha pedido perdão à Manoela antes de sair para a escola. Como sempre, eles se abraçaram, trocaram palavras carinhosas e seguiram para seus afazeres. Manoela, porém, sabia que uma conversa mais séria deveria acontecer em breve. Antes ela precisava fazer um ajuste de contas consigo mesma. O passado não mudaria por mais que ela esperneasse, mas o presente e o futuro estavam em suas mãos no sentido de despejar a água amarga do seu poço e colocar água limpa.

Nesse sentido, Manoela preparou um caderno onde deixaria registradas suas dúvidas. A partir dali, procuraria respostas. Sua Bíblia estava em uma gaveta no quarto multiuso que ela e Lucas usavam para guardar jogos, livros, onde estudavam e trabalhavam. Alguns dias se passaram. Ela não entrou em contato com Enzo, e nem ele com ela. O caderno já tinha seis páginas cheias. No fim do dia, ela e Lucas jantavam, e cada um ia para seu canto. Manoela precisava de silêncio. O difícil era silenciar sua mente. O fim de semana passou e outra semana corrida começou. A neve fazia aparição diária, dificultando o trabalho no pomar. As notas de Lucas melhoraram, e ele voltou a fazer mais horas de trabalho no Vinhedo Ricci. Quando ele retornava, Manoela o rodeava por um tempo, esperando que ele lhe desse notícia de Enzo, mas Lucas falava de tudo, menos do *chef*.

Jorge fazia as entregas ao vinhedo, mas também não trazia notícias. Rosalie trabalhava e, embora observasse Manoela como uma mãe desconfiada observava a filha, não perguntava nada pessoal. No último encontro em família, Diogo e Isadora roubaram a cena, contando detalhes das filmagens do programa de reforma de casa. Manoela sorria, guardando seus conflitos internos para si.

Foi logo depois do rápido almoço de sábado, três semanas após a conversa com Enzo, que Manoela recebeu uma mensagem dele que não se tratasse de negócios. Ela leu e releu as palavras, tentando decidir se aceitaria o convite de fazerem uma caminhada na Trilha da Linha Férrea Kettle Valley, que Manoela tinha feito uma vez apenas. O dia de inverno tinha começado com céu limpo e temperatura agradável acima de zero, ideal para umas horas ao ar livre. Lucas já tinha saído para o trabalho, dizendo que Zia Gemma o ensinaria a fazer *gnocchi*. Batendo os polegares de leve no celular, Manoela sentou-se na beira da cama. Um sim da parte dela seria um sim para uma maior aproximação de Enzo. Era isso que ela queria? Seria um passo grande demais?

Ela digitou:

A que horas?

Manoela espiou pela janela da sala e, vendo a SUV de Enzo, enfiou a touca de pompom, as botas e o casaco impermeável. Passou o braço pela alça da pequena mochila e saiu de casa, trancando a porta atrás de si. Um fio de ansiedade correu pelo seu estômago como uma corrente elétrica. E se estivesse se precipitando? A confissão de Enzo tinha sido muito pesada, incluindo a perda da namorada de forma traumática. Ele tinha insinuado, porém, que reencontrara a alegria ao conhecer Manoela. Como, se mal a conhecia de verdade? Agora ele sabia do seu passado atormentado. Que alegria ela poderia lhe dar?

De dentro do carro, Enzo empurrou a porta para ela entrar. O sorriso dele era um sorriso diferente de todos os anteriores, mais contido, talvez. Manoela disse um oi quase sussurrado. Ela se ocupou com o cinto de segurança, como se toda sua atenção dependesse daquele gesto. O fato era que ela estava constrangida. Os dois tinham desnudado o passado um ao outro. Para Manoela, era como conhecer uma pessoa diferente daquele Enzo de dias atrás. Provavelmente ele sentisse a mesma coisa.

A touca preta escondia o cabelo dele. Manoela lutou contra a vontade de arrancá-la para que ela pudesse ver o ondulado escuro que tão bem emoldurava o rosto de traços fortes de Enzo. Era a primeira vez que Manoela o via de barba por fazer. Ela recostou-se no banco, e uma sensação de que os dois ainda passariam por algumas situações complicadas tomou conta da sua mente. Na estrada, Manoela lembrou-se de uma oração que escrevera no caderno dias antes. Ela pedia a Deus que lhe desse a convicção de que devesse avançar no relacionamento com Enzo. Como saber, porém, o que era convicção e o que era um mero desejo? Naquele momento, com o carro aquecido e a música suave tocando, Manoela desejou deitar a cabeça no ombro de Enzo, em sua jaqueta cinza acolchoada. Essa, no entanto, não era a melhor forma de identificar a convicção.

"Como estão as coisas no restaurante?" ela perguntou, sabendo muito bem que seu tom de voz saiu com formalidade.

Enzo desviou os olhos da *highway* que beirava o grande Lago Okanagan e voltou a olhar para frente. "O restaurante está bem. E você, como está?"

"Dando conta da estufa. Ela funciona muito melhor do que eu imaginava."

Ele desligou a música. "Eu sei. Recebo as verduras bem fresquinhas." Ele fez uma pausa e olhou de relance para Manoela de novo. "E você, como está?"

Com a repetição da pergunta, ela suspirou. "Refletindo muito. Orando."

"Muito bom. Algumas considerações? Algumas respostas?"

"Muitas considerações. Nenhuma resposta."

A SUV tomou uma estrada vicinal por entre os pinheiros de um bosque. A neve cobria parcialmente o asfalto, fazendo com que o carro deslizasse em alguns trechos.

As mãos de luvas pretas de Enzo controlavam o volante com perícia. Manoela olhou para o barranco ao seu lado, mas relaxou a cabeça no encosto do banco.

"E você?" ela perguntou.

"Refletindo também, mas convicto."

Manoela olhou para baixo do barranco, a língua coçando para saber qual era a convicção dele.

"Mas," ele continuou, "uso a metáfora do suflê."

"Suflê?" Ela olhou para ele com a testa franzida.

"Assar um suflê é uma arte. Qualquer precipitação ou mudança na temperatura do forno, ele murcha." Ele fez uma curva acentuada e o carro deu uma leve derrapada.

"E que metáfora é essa?"

"Depois que conversamos naquela noite, achei melhor dar a você um tempo para considerar tudo o que eu disse — minha história e minha declaração."

"Declaração?"

"De que quero me aproximar mais de você."

"E onde o suflê entra nisso?"

Ele sorriu. "Se eu apressar o processo, tudo pode murchar."

"Tudo o quê?"

"Você pode querer distância de mim, e a esperança que tenho vai acabar como um suflê mirrado e vazio."

Manoela deu uma risada com a imagem do suflê murcho que surgiu em sua cabeça. Era uma boa ilustração. Ela não queria se apressar e correr o risco de dar um passo em falso. Com um filho dependente dela e uma história complicada de relacionamento, a última coisa de que precisava era outra decepção amorosa.

Enzo olhou para Manoela como se esperasse uma resposta ou um comentário. Ela virou o rosto para frente. O coração bateu acelerado. "Eu não gostaria que o suflê murchasse."

"É o que me basta ouvir nesse momento." Enzo apertou a mão enluvada de Manoela e manobrou o carro no estacionamento lotado.

Escolhendo a mais longa das três trilhas que corriam na encosta das montanhas, Enzo apontou o caminho. No passado, linhas férreas corriam por ali, sendo desativadas até que viraram atrações turísticas, ideais para caminhadas no inverno e ciclismo no verão. Manoela e Enzo ziguezaguearam por entre as árvores e logo chegaram à entrada férrea da trilha mais longa. O sol brilhava, apesar de não espantar de todo o frio da neve acumulada e do vento que cortava o cânion.

Manoela puxou o gorro, cobrindo as orelhas, e ajeitou a mochila nas costas. A entrada da trilha estava escorregadia com a neve socada que virara gelo. Segurando-se na grade de proteção, Manoela se equilibrou e acompanhou o passo de Enzo. O solado grosso de borracha da bota impermeável arrancava o típico som chiado da pressão na neve e deixava pegadas, que se juntavam a outras tantas de vários tamanhos na trilha.

Alguns frequentadores tinham a clara missão de trabalhar a força do coração e passavam correndo ou a um passo veloz. Outros, acompanhados de crianças e cachorros, estavam mais preocupados em registrarem os momentos de diversão no celular. Manoela puxou o telefone do bolso e também escolheu os melhores ângulos da vista espetacular para fotografar.

"O primeiro túnel." Enzo apontou para frente, enquanto seguiam pela estrada férrea.

Manoela e ele cruzaram o curto túnel, saindo na parte mais alta da trilha, uma ponte de madeira sustentada por treliças que se apoiavam na rocha do cânion. No meio do percurso, eles saíram da trilha, tiraram as mochilas das costas e puxaram as garrafas de água.

Na segunda metade da trilha, Manoela deixou-se inspirar pela paisagem. Seu constrangimento ficou para trás, no último túnel por onde passaram antes de voltarem para o carro.

Talvez por isso, ela aceitou sem hesitação o convite de Enzo para um jantar a dois no vinhedo.

CAPÍTULO 28

"Alguma coisa me dizia que você faria um suflê."
Manoela amarrou as tiras do avental nas costas e
se aproximou da bancada da cozinha da sede do Vinhedo
Ricci.

Enzo quebrou mais um ovo na beira da vasilha de metal
e limpou a mão no pano branco pendurado no avental.
"Dei muito na cara assim?"

Ela apoiou as mãos na cintura e inclinou a cabeça. "Eu
não deveria ficar surpresa. Notei como você gosta de uma
metáfora degustativa."

"Metáfora degustativa? Nunca aprendi isso na escola."
Enzo jogou as cascas dos ovos no lixo e reservou as claras,
deixando a vasilha de lado.

"Vinhedo, suflê..." Manoela pegou dois potes de
cerâmica de uma das prateleiras de louça, um em cada mão.

Enzo puxou uma garrafa de leite da geladeira e entornou um pouco em uma panela, levando-a ao fogo. "Há muita sabedoria de vida no preparo de vinho e alimentos."

"Verdade? Que tal um desafio, então?" Ela deixou os potes na bancada de metal.

Enzo deixou o leite esquentando e preparou uma panela com manteiga, colocando em seguida uma colher de farinha e as gemas. Começou a mexer o conteúdo devagar, acrescentando o leite aos poucos. Ele olhou para Manoela. "Sou competitivo também. Gosto de desafios."

"Que conselhos para a vida me daria com o preparo do seu suflê?" Ela cruzou os braços.

Girando a colher na panela, ele disse:

"Tempo — esse é o ingrediente principal na cozinha. Por mais simples que seja a receita, vamos dizer, uma omelete, há um tempo exato para o preparo."

"Tempo de chorar, tempo de rir..."

"Exato." Desligando o fogo, ele deixou as panelas no fogão. Pegou um batedor de claras e, com grande agilidade, começou a transformá-las em neve. "Nessa etapa do suflê, preciso ser rápido para o creme do fogão não esfriar muito."

Manoela observou a mão dele girando o utensílio na vasilha, o batuque do metal reverberando na cozinha. "E o que acontece se ele esfriar?"

Sem tirar os olhos da vasilha, ele sorriu. "Tenho que repetir o processo, e aí as claras em neve começam a ficar líquidas novamente."

"Perde o ponto." Ela observou Enzo colocando uma pitada de sal na montanha branca que se formava.

"Equilíbrio. Os ingredientes precisam interagir de uma forma determinada, no ponto determinado, temperatura determinada."

"Parece meio complicado aplicar isso à vida."

Rapidamente, ele misturou o creme da panela nas claras. "Quanto mais experimentado na cozinha e na vida, mais fácil vai ficando. Por enquanto," ele mexeu com delicadeza a mistura, "acho mais fácil preparar comida do que viver."

Manoela levou os dois potes de cerâmica para ele, onde ele despejou o creme. "Pena não podermos seguir receita para a vida."

Enzo colocou os potes em uma assadeira e a levou ao forno já aquecido. "E mesmo assim, ninguém garante que a receita vá funcionar." Ele limpou as mãos no pano.

"Com sua experiência, é claro que funciona."

Ele encostou-se no balcão, e Manoela começou a lavar a vasilha e as panelas usadas. Ela já podia sentir o cheiro de queijo permeando o ar. Enxaguou uma panela e olhou para Enzo.

"Sim, na maioria das vezes, funciona. Na vida, já é outra história."

Manoela colocou a panela no escorredor e enxugou as mãos no avental. "Acha possível acertamos na vida, mesmo não tendo tanta experiência com os ingredientes que ela nos dá?"

"O ideal é adquirirmos essa experiência, mas no geral, somos distraídos demais para buscar sabedoria de vida."

"Estou meio cansada dos meus suflês existenciais murcharem."

Enzo sorriu. "Muitos meus já queimaram."

Manoela balançou a cabeça em entendimento. Pensou na tragédia da morte da noiva de Enzo, justamente quando ele estava se acertando na vida. "Por que coisas ruins acontecem mesmo quando procuramos fazer o que é certo?"

"Essa é a grande pergunta da humanidade. Gostaria de ter uma resposta que não fosse um repeteco do que ouvimos por aí. Acho que a questão não é vivermos sem tribulação, mas encararmos o que vem pela frente com confiança de tempos melhores."

"Fé?"

Enzo balançou a cabeça, afirmativamente. "E esperança para não desanimarmos."

O aroma do queijo se intensificou. Manoela observou Enzo abrir o forno e puxar a assadeira com os dois potes. O creme tinha se transformado em uma montanha dourada e crocante. Manoela aproximou-se dele e inspirou o cheiro delicioso. Os dois se olharam e sorriram.

"Viu? Há esperança." Enzo apontou para o suflê perfeito. "Aí, é saborear o resultado."

Juntos, eles se sentaram à mesa e se deliciaram com os sabores do suflê. Manoela aproveitou o silêncio das bocas ocupadas e refletiu sobre as metáforas de Enzo. Faziam sentido. Pouca coisa na vida tinha garantias de sucesso, mesmo com receitas. Os imprevistos aconteciam. Funmilayo era um exemplo. Manoela fechou os olhos e deixou que o delicado suflê atiçasse seu paladar. Um simples momento à mesa poderia ser visto por um ângulo diferente do que a nutrição do corpo — pelo ângulo da satisfação. Sem dúvida a vida tinha seus momentos simples e de grande alegria. De frente a Enzo, Manoela abriu os olhos e foi recebida pelo olhar intenso dele.

"Que receita de sobremesa nunca falhou para você?" Ela disfarçou o constrangimento raspando o resto do suflê no pote.

"Uma indireta para que eu faça um doce?" Ele piscou o olhou.

O colo de Manoela esquentou como um forno. "Talvez." Ela lambeu a colher.

Enzo se levantou e a chamou de volta para a bancada de aço. Tirou ovos da geladeira. "Como vê, a culinária italiana depende de ovos, farinha e laticínios. Ingredientes celestiais. Vamos fazer um Tiramisù."

Manoela separou as gemas da clara, conforme instrução de Enzo, enquanto ele fazia café na cafeteira italiana. Ele arrumou biscoito champagne no pirex e colocou água para ferver na frigideira.

"Agora misture o açúcar nas gemas e comece a bater em banho-maria. Esse é o creme básico antes de misturar as claras em neve com o queijo Mascarpone." Ao lado de Manoela, ele a observava misturar as gemas e o açúcar no pirex redondo dentro da frigideira com água fervente.

"Está empelotando." Ela olhava para os caroços que se formavam. A mão de Enzo cobriu a sua, parando o movimento.

Depois ele guiou a mão dela em ritmo lento, mas constante. Manoela sentiu o corpo dele se aproximando do seu. Por um momento, ela pensou em se retirar, mas o movimento e a aproximação a acalmava como se fosse uma dança. O creme foi engrossando. A água borbulhava na frigideira, levantando vapor. Enzo acelerou o movimento sobre a mão de Manoela, até que desligou o fogo. Ela permaneceu no mesmo lugar. Enzo tirou o pirex do

banho-maria e o deixou sobre a bancada. Virou Manoela
para si, milímetros separando os dois corpos.

Enzo pegou uma colher e molhou a ponta no creme,
levando-a à boca de Manoela. Ela umedeceu os lábios com
a língua e provou o creme adocicado. Uma gota escorreu
pelo seu queixo. Enzo deixou a colher na bancada e retirou
o creme escorrido com o dedo, levando-o em seguida à
própria boca. Manoela sentia-se hipnotizada pelos gestos
lentos dele. Suas pálpebras tremularam quando Enzo foi
aproximando o rosto do dela. Ele beijou o queixo de
Manoela onde o creme tinha caído.

"Ingredientes celestiais," ele sussurrou.

O chão se movia como se fosse um tapete sendo puxado
debaixo dos pés de Manoela. "Enzo..."

Ele afastou-se um pouco. Olhou nos olhos dela,
fazendo-lhe uma pergunta silenciosa. O chão ainda se
mexia.

"A uma palavra sua, eu me afasto," ele disse.

Manoela viajou o olhar pelo rosto dele. Devagar ela
enfiou os dedos no cabelo cacheado dele, subiu nas pontas
dos pés e aproximou os lábios dos dele. O beijo com um
leve gosto de açúcar imitou o ritmo do batedor de ovos
no creme minutos antes. Um filme acelerado passou na
cabeça de Manoela: Mark, o namoro desaprovado pelos
pais, Lucas, solidão, família, pomar, trator, o vinhedo, o
passeio na estrada férrea, o suflê, o passado de Enzo, o
presente de ambos.

Com os olhos semifechados, ela se afastou, sentindo a
dor de descolar os lábios de Enzo. Ele olhou para ela, a
confusão expressa na testa franzida. Manoela cruzou as
mãos sobre seu peito.

"Não me entenda mal. A última coisa que desejo é me afastar de você, mas tenho medo," ela disse.

Enzo afastou-se mais um pouco. "De mim?"

Manoela balançou a cabeça de um lado para o outro. "Nunca. O medo é do que virá pela frente se permitirmos que os sentimentos tomem a dianteira."

Ele pegou as mãos dela e as apertou. "Meus sentimentos tomaram a dianteira desde que a conheci. Mas entendo seu medo."

"E tem uma receita para isso?" Ela deu um sorriso triste.

"Não, mas gostaria de buscar a receita com você. O que diz?" Ele sorriu.

"Eu gostaria disso. Não vai me achar infantil, vai?"

Ele beijou as mãos dela. "De infantil você não tem nada. Por que não terminamos o tiramisù, enquanto pensamos na receita para o seu medo?"

Se Manoela já tinha amado um homem, não se recordava. O que sentira por Mark tinha sido um pálido sentimento se comparado ao que sentia por Enzo. Era amor? Ela o observou embeber o biscoito no café e a misturar as claras em neve com o Mascarpone.

Quando o doce foi para a geladeira, Enzo fez um café forte e convidou Manoela de volta para a mesa. Enquanto esperavam o tiramisù esfriar, eles conversaram sobre suas respectivas famílias, sobre a infância e os tempos de escola.

Enzo deixou Manoela em casa poucas horas antes do nascer do sol. O beijo rápido no rosto dela fechou a noite. O medo tinha diminuído sensivelmente. Porém, Manoela precisava de conselhos. O que sentia por Enzo era intenso demais para adiar a resposta do que deveria fazer.

CAPÍTULO 29

A vibração não parava. Manoela cobriu a cabeça com o travesseiro, tonta demais de sono para identificar a origem do som. O barulho parou e recomeçou. Ela jogou o travesseiro para o lado e tentou descolar as pálpebras pesadas. Deu-se conta de que era o celular vibrando na gaveta da mesa de cabeceira. Ela abriu os olhos cansados e tateou o puxador da gaveta, abrindo-a em seguida. Esperava dormir mais um pouco naquele domingo depois da noite com Enzo.

"Alô," ela falou sem abrir os olhos.

"Desculpa te acordar."

Manoela sentou-se com as cobertas emboladas nas pernas. Por que Diogo estava ligando tão cedo?

"Alguma coisa com o papai?" ela perguntou, a cabeça começando a funcionar.

"Não. É o Lucas."

Manoela jogou os pés para fora da cama e correu descalça para o quarto do filho. A cama estava arrumada. "O que tem ele? Onde ele está?" Ela pensou que teria uma parada cardíaca. Chegara tarde do encontro com Enzo e fora direto para a cama. Que mãe era ela que se entregava ao prazer, enquanto alguma coisa acontecia com seu filho?

"Calma. Ele está bem, mas foi procurar Mark agora cedo."

Manoela correu para o banheiro e olhou-se no espelho, as olheiras profundas denunciando o pouco sono. "Como? Por quê?" O ex-marido mal parava em Kelowna. Tinha muitas camas para visitar na região.

"Não sei. Mamãe me ligou, toda preocupada. Lucas passou lá cedo, tomou café e disse que precisava tirar satisfação com o pai. Mamãe tentou intervir, mas ele saiu batendo a porta."

Manoela foi arrancando o pijama, enquanto ouvia o irmão no celular em cima da cômoda. "Eu vou lá."

"Estou em Vancouver senão eu iria. Não pode chamar Enzo para ir com você?"

"E passar vergonha na frente dele? Nunca." Enquanto vestia a calça jeans, Manoela imaginou-se chegando com Enzo na casa de Mark. Qual seria a mulher da vez que abriria a porta?

"Isadora e eu vamos para Kelowna amanhã. Vou bater um papo com Lucas. Não acho essa a melhor forma de resolver a raiva dele."

Manoela tinha contado ao irmão do desabafo de Lucas. "Preciso desligar e buscar meu filho."

"Lembre-se de que não deve nada a Mark."

Ela agradeceu e se despediu. Arrumou o cabelo emaranhado e vestiu o casaco antes de sair. No carro,

Manoela tomou a avenida da saída norte de Kelowna, o GPS indicando o caminho que ela fizera uma única vez após o divórcio. Mark dificultara a transição da vida de casada e divorciada de Manoela o quanto pôde no primeiro ano. Pedira demissão do trabalho de gerente de um supermercado para justificar o não pagamento da pensão. Exigiu de Manoela o pagamento do advogado, o que ela fizera para se desligar o mais rápido de Mark. Seus pais e Diogo tinham vindo ao seu socorro, tirando dinheiro do próprio bolso para ajudá-la. Aquele tinha sido o pior ano da vida de Manoela depois da descoberta das infidelidades. Mark só sossegara quando Manoela chamou a polícia em um dia de chuva, quando o ex-marido bateu à sua porta, bêbado, exigindo dinheiro dela para pagar uma dívida que ele tinha feito durante o casamento. Lucas tinha assistido à briga dos pais abraçado a um ursinho de pelúcia. Ele chorava no canto da sala ao ver a cena. Depois do incidente, ele começou a molhar a cama, precisando voltar para a fralda por um tempo.

O sangue escorreu pela boca de Manoela, ao morder o lábio quando se aproximou da rua de Mark. Como ela podia ter se portado de forma leviana, conversando madrugada adentro com Enzo, enquanto seu filho sofria sozinho em casa e planejava tirar satisfação do pai? Lucas estava virando homem, mas não era maduro ainda. Precisava da mãe. Manoela tinha que repensar seu relacionamento com Enzo. Seu suflê murcharia antes mesmo de crescer.

Ela virou à direita e viu a casa dilapidada de Mark. Quem gastava com mulheres e bebidas não tinha dinheiro para passar uma tinta na casa. A verdade resumia bem quem era Mark.

Estacionando rente à calçada, Manoela respirou pausadamente para acalmar o coração acelerado. O celular vibrou no bolso da jaqueta, e ela olhou a mensagem. Enzo. Perguntava como ela estava e se tinha planos para mais tarde. Manoela apertou os olhos com os dedos e devolveu o celular para o bolso. Ela desceu do carro e foi na direção da porta da casa. O capim seco de inverno cobria parte da calçada do jardim. Como Manoela tinha chegada ao baixo nível de se sujeitar a um homem que não cuidava de nada, que não se importava com nada além do próprio prazer momentâneo? Ela apertou a campainha. Aproximou o rosto da porta, tentando ouvir vozes. Silêncio.

Instantes depois, a porta se abriu, e Mark surgiu. Os olhos vermelhos e o cabelo claro embaraçado mostravam mais uma noite nos bares. O estômago de Manoela contorceu-se. O desgosto era mais direcionado a si do que a Mark.

"Você. Imaginei que iria aparecer." Ele abriu a porta e fez um sinal para ela entrar.

Ela espiou para dentro da casa, a sala desarrumada com roupas em cima do sofá e latas de cerveja amassadas no chão. "Onde está meu filho?"

"Nosso filho. Acabou de sair. Vê-se logo que foi criado pela mamãe." Ele deu um meio sorriso.

Manoela sentiu os braços formigarem. O cheiro de álcool do hálito de Mark chegava ao seu nariz. O passado voltou como uma onda, empurrando entulhos, levantando cheiro podre. Como Mark ousava criticar seu filho ou a criação que ela lhe dera com a ajuda da família? Manoela sentiu a onda lhe empurrando com o entulho. Cenas de Mark chegando em casa embriagado, enquanto ela fazia Lucas dormir, assolaram sua mente. O mal-estar foi crescendo, a acidez do estômago, aumentando. Com um movimento rápido, Manoela deu um passo para trás e enfiou a mão no rosto de Mark. O tapa o pegou de surpresa, e ele tombou para trás. Ela apertou as mãos, sentindo a dor na palma. Se pudesse, enfiaria mais tapas e socos nele. Não era dada à violência. Nunca tinha batido em ninguém, mas a vontade tinha sido mais forte do que jamais imaginaria.

"Sua desgraçada!" Ele levou a mão ao rosto onde o tapa tinha deixado uma grande mancha vermelha. "Não é à toa que encalhou. Se não fosse por mim, seria virgem até hoje e não teria seu filhinho adorado, beata de meia-tigela."

Manoela trincou os dentes. "Eu só não amaldiçoo o dia que conheci você por causa do meu filho." Ela cerrou os punhos. Virou-se nos calcanhares e pisou forte na direção do carro. A prioridade era achar Lucas e não gastar tempo com o monstro em forma de gente. *Deus, socorro, não consigo perdoar.*

O jipe cantou pneu ao sair da vaga. Ao deixar a rua de Mark, Manoela dirigiu devagar pelas ruas do bairro, procurando Lucas. O trânsito tranquilo de domingo cooperava para que ela diminuísse ao se aproximar dos pontos de ônibus. Foi na avenida principal que Manoela avistou Lucas, que caminhava com a cabeça baixa e as mãos nos bolsos da jaqueta. Ela parou metros à frente e buzinou. Lucas entrou no jipe e bateu a porta.

"Não me dê sermão, mãe." Ele olhou para ela.

Manoela soltou o cinto de segurança e abraçou o filho com toda a força dos seus braços. Chorou no ombro dele. Sua mão ainda latejava por causa do tapa. "Te amo, meu filho."

Lucas acariciou a cabeça de Manoela. "Como ele pode tratar a gente assim?"

Manoela afastou-se e segurou o rosto do filho com as mãos. "Ele não enxerga as pessoas como seres dignos, feitos por Deus." Foi inevitável Manoela recordar-se das palavras de Enzo sobre valorizar e respeitar o próximo. "O que aconteceu na casa?" Ela colocou o cinto e pegou a avenida, dirigindo para a praia do Lago Okanagan.

"Cheguei lá e uma mulher abriu a porta. Ela tinha um cheiro de álcool. Perguntei do meu pai. Ele veio de cueca. Percebi que seria inútil conversar com ele. Eu só disse que sabia agora, por experiência própria, quem ele era, quem era meu pai. Que eu podia ter minha própria opinião sobre ele. Ele me chamou de moleque. Falou umas coisas ruins sobre você. Tudo mentira. Ele é doente. Agora eu entendo sua raiva."

Manoela parou no estacionamento da praia de frente para o gramado extenso coberto de neve e o lago com crostas de gelo. "Não quero ter essa raiva. Ela me faz mal."

"Então vamos ter que lutar juntos contra ela. Deus vai nos ajudar." Ele abriu a porta. "Vamos caminhar."

Lado a lado, mãe e filho caminharam pelo calçadão da orla. Uma mulher passou correndo com um cachorro na coleira. A vida seguia. As gaivotas sobrevoavam o espelho d'água.

"Desculpe porque cheguei tarde e não vi você se levantar." Manoela passou os dedos pela palma da mão dolorida.

"Foi bom com Enzo?" Ele olhou para ela com um sorriso.

"É a última vez que isso acontece."

"Isso o quê?" Lucas franziu a testa.

"Socializar com Enzo." Seu coração doeu como a palma.

"Por que, mãe? Vocês são amigos. Ele gosta de você."

"Não é hora. Tenho essas coisas mal resolvidas. A raiva e tudo." As palavras de Mark ecoaram em seus ouvidos. *Não é à toa que encalhou.*

Lucas parou e segurou o braço de Manoela. "Isso está errado. Quanto tempo mais vai carregar o peso que Mark deixou?"

Manoela estudou o rosto preocupado do filho. Era a primeira vez que chamava Mark pelo nome e não de pai. "Não sei mais o que fazer para me livrar do peso, e depois do que aconteceu hoje, está mais difícil. Por isso, preciso me afastar de Enzo."

Lucas virou-se. Andou com pés pesados na direção do carro. Entrou no jipe e bateu a porta. Manoela suspirou. Olhou para a palma da mão vermelha. *Quanto tempo mais vai carregar o peso que Mark deixou?* As palavras do filho cobravam uma resposta.

CAPÍTULO 30

"Você ainda não respondeu à mensagem do Enzo?" Rosalie seguia Manoela pela fileira de folhas viçosas da estufa.

A semana tinha começado com uma grande dor no braço e no ombro de Manoela. O tapa em Mark era mais uma prova de que ele só lhe trazia problemas. Ela e Lucas tinham chegado em casa no dia anterior sem trocar mais palavras sobre Enzo. Parecia uma conspiração. Quanto mais Manoela falava em se afastar dele, mais complicação arrumava. Primeiro, Lucas. Agora, Rosalie. Mesmo depois de contar para a amiga sobre o encontro com Mark e os quilos extras de raiva, a amiga insistia que Enzo não deveria ser punido.

"Não é punição. Eu preciso me acertar." Manoela virou-se para a amiga. "Como posso entrar num relacionamento com essa bagagem?"

"E você esperava não ter bagagem nenhuma na sua idade? Só crianças estão isentas de pesos." Rosalie colocou a mão no quadril. "Nem todas as crianças. Agora imagine uma pessoa adulta? Você e eu passamos pelo moedor da vida. Viramos carne moída de segunda. Mas com bons temperos, damos um bom hambúrguer."

Manoela soltou uma risada. "Essas metáforas culinárias me perseguem. Suflê e hambúrguer. Na verdade, me sinto como uma batata frita de lanchonete esquecida no fundo do pacote."

Rosalie segurou a amiga pelos ombros. "Você é um filé. Mark fez você acreditar que não passa da batata esquecida no pacote. Ele não define quem você é. Deus define. E ele diz que temos valor. Pecados, erros? Sou a rainha dos pecados e erros, mas receptora da graça. Não tem jeito. Não conseguimos nada de bom por nosso próprio mérito. Deixe dessa besteira de se afastar de Enzo. Ele é um medalhão de filé mignon com molho madeira." Rosalie piscou o olhou para Manoela.

No fim do dia, Manoela passou na farmácia e comprou um anti-inflamatório e pomada de arnica. Se fosse fácil tratar da alma massacrada por Mark com a mesma receita.

Em casa, ela releu a mensagem não respondida de Enzo. Ele não tinha enviado outra, nem a procurado. O que ele acharia do gelo que ela lhe dera?

Lucas voltou da escola e só trocou palavras corriqueiras com a mãe. Depois se fechou no quarto, saindo apenas na hora do jantar. Quando Manoela tentou puxar um assunto mais sério, ele comeu rápido e voltou para o quarto.

Dois dias se passaram na mesma rotina angustiante. As palavras de Rosalie giravam na cabeça de Manoela. Deitada no sofá depois de um dia cansativo na estufa, Manoela tentou ler o livro de mistério. As palavras não faziam o menor sentido. Ela ficou olhando para o teto. O celular tocou. Ela o atendeu sem ver o nome.

"Manoela," Enzo falou. "Desculpe ligar a essa hora."

Ela sentou-se na beira do sofá, o coração batendo de forma descompassada. "Tudo bem?"

"Sim. Gostaria de saber se pode dobrar o carregamento de hortaliças para a próxima semana."

Manoela sentiu o balde de água gelada atingindo seu rosto e corpo. O que esperaria de Enzo depois da gelada que lhe dera? A água fria era na mesma proporção. "Hortaliças. Carregamento. Dobrado. Sim. Acho que sim." Sua língua parecia grande demais, pegajosa demais para a boca.

"Ebele chega semana que vem para um evento importante. O Vinhedo Ricci ganhou prêmio com o *icewine*."

"Parabéns. Vou falar com Rosalie. Pode me mandar uma lista do que precisa?" O queixo de Manoela tremeu. Ela massageou o ombro dolorido.

"Imediatamente."

"Certo." O coração dela bateu alucinadamente. Deveria falar alguma coisa, dar uma desculpa pela falta de resposta à mensagem. O que ele acharia do tapa que ela dera no rosto de Mark?

Silêncio. Manoela ouvia a respiração de Enzo.

"O que eu fiz para afastar você?" Ele perguntou em um tom pesado.

Ela apertou os olhos úmidos. "Nada."

"Por que se afastou? Não quero cobrar nada. Quero entender."

Manoela se pegou contando a ele sobre a visita de Lucas ao pai e o encontro dela com o homem. "Não terminou bem. Mark fez o que sabe fazer de melhor: humilhar." Ela ouviu o suspiro de Enzo do outro lado da linha.

"Manoela, me deixe ir aí agora."

Ela sentiu-se abraçada com as palavras. "Tá."

"Em quinze minutos," ele falou com animação.

Manoela dobrou a coberta jogada no sofá e a levou para o quarto. Penteou o cabelo e foi ao quarto de Lucas, que ouvia música no enorme fone de ouvido, esticado na cama. Ele olhou para ela e tirou o fone.

"Enzo vem aqui para conversarmos," ela falou.

Lucas sorriu. "Não se preocupe comigo. Vou ficar de fone."

"Não vou falar nada que você desconheça."

"Espero que vocês conversem mais do que isso. Esqueça o que aconteceu com o Mark. Não dependemos dele para nada." Ele se sentou. "Sei que você quis me proteger dessas histórias. Entendi tudo quando ele abriu a porta de casa. Não precisa me proteger mais."

Manoela suspirou. "Quero fazer o que é certo."

"O que aconteceu de errado não é sua culpa."

"Eu me casei com seu pai."

"E cumpriu sua parte no compromisso. Ele não."

A campainha tocou. Manoela jogou um beijo para o filho e fechou a porta. Ela recebeu Enzo com um sorriso inibido. Ele segurou no ombro dela, e Manoela franziu o rosto de dor.

O semblante de Enzo ficou transtornado. "Mark usou força com você?" Ele entrou, fechou a porta e a levou para o sofá.

Manoela sentou-se. Como falaria do tapa? Aquele tinha sido um gesto de uma mulher descontrolada. "Não. Eu bati na cara dele com toda força." Ela esperou a reação de Enzo. Ele inclinou o corpo para trás, dando a Manoela a impressão de que ele próprio esperava um tapa. Talvez tivesse levado alguns antes da água fervendo queimar sua perna.

"Fez bem, porque senão eu iria lá agora enfiar a mão nele." Ele deu um meio sorriso.

Manoela cobriu o rosto com as mãos. Chorou e riu ao mesmo tempo.

CAPÍTULO 31

E nzo colocou a caneca com chocolate quente na frente de Manoela na mesa de fórmica. Ela bebeu um gole, surpresa que sua cozinha pudesse render uma bebida tão cremosa. O chocolate escorreu pela língua e garganta, arrancando o gosto amargo que Mark tinha deixado. Quisera ela se lavar naquela bebida para se livrar do rancor. Seu caderno, agora com mais de vinte páginas de confissões e orações, guardava os segredos do seu coração. O nome de Enzo aparecia nas páginas mais recentes, conforme o de Mark desaparecia.

Manoela deixou a caneca na mesa e olhou para Enzo do outro lado. Os dedos cruzados dele, apoiados na fórmica, criavam arte com simples ingredientes. Manoela desejou sentir esses dedos em sua nuca, seu rosto. Como arrastar Enzo para o tumulto da sua vida? Todos esperavam dela uma aproximação com o *chef*. Muito diferente do que acontecera com Mark. Diogo e Isadora tinham ligado para Manoela horas antes, enquanto faziam o percurso Vancouver-Kelowna. Ela contara para eles o que acontecera na casa de Mark e da reação madura de Lucas. Angustiada, Manoela resumira a história de Enzo. Ela precisava da sabedora de Diogo e Isadora para desembaraçar suas dúvidas e seus medos. Talvez Enzo não quisesse que sua história fosse compartilhada com outros, mas Manoela precisava da ajuda do irmão e da cunhada para identificar sinais de alerta. Conforme Diogo falava no viva-voz, as lágrimas de alívio de Manoela escorriam pelo rosto.

"Somos todos pecadores. Alguns de nós, redimidos. Enzo é um deles," Diogo falara.

"Não sei o que pensar do seu olhar," Enzo girou os polegares.

Um bálsamo como o chocolate quente escorreu pelo peito de Manoela. Ela estendeu a mão por cima da mesa e alcançou as de Enzo. "Me perdoe."

Enzo apertou a mão dela e inclinou a cabeça. "Por quê? Não me deve nada."

"Desconfiei de você." Ela olhou para as mãos entrelaçadas dos dois.

"Fez bem. Mas gostei que usou o verbo no passado."

Manoela olhou para ele. Não passava desapercebido a Enzo. "Passado. Espero que minha história fique por lá."

"Entregue, Manoela. Entregue essas páginas doloridas a Deus e permita que ele escreva novas."

"Eu quero." Ela virou a mão dele e acompanhou as linhas da palma com seus dedos.

"Você é a mulher de mais fibra que já conheci. Falei isso mesmo com Ebele. Ele quer muito te conhecer." Enzo fechou sua mão sobre a de Manoela e a levou aos lábios, beijando-a.

"Enzo?" Os olhos de Manoela estavam úmidos.

"Sim, Manoela." O olhar dele se prendeu ao dela.

Ela engoliu o bolo que subia pela garganta. "Gostaria que Ebele abençoasse nosso relacionamento." As lágrimas dela caíram na mão de Enzo. "Já tenho da minha família."

Enzo levantou o braço, sem soltar a mão de Manoela, e limpou o nariz na manga do suéter preto. "Você me eleva como um tiramisù."

Ela riu e chorou. "Como assim?"

"Tiramisù significa "jogue-me para cima, me alegre". Você é meu tiramisù."

"Não sou boa cozinheira para fazer uma comparação do que você é para mim, mas fico feliz que nosso suflê esteja crescendo."

Enzo jogou a cabeça para trás e riu. Seu rosto ficou sério depois. "Tenho certeza de que Ebele se sentirá honrado com o pedido de nos abençoar."

Nos dias que antecederam a chegada de Ebele, Manoela e Enzo se encontraram algumas vezes na casa dos pais dela e de Diogo e Isadora. Ele se encaixara perfeitamente na família, compartilhando da felicidade de Diogo e Isadora com o lançamento do programa de TV, cuidando do Sr. Marques quando ele teimava que queria trabalhar na estufa, ensinando Lucas a fazer massa, enquanto cobrava dele as boas notas na escola e servindo de padrinho no casamento simples de Rosalie e Josias. Enzo contratou Josias para trabalhar no vinhedo para a felicidade de Manoela, que não perderia a amiga e futura sócia no projeto da estufa.

Um dia antes da comemoração do prêmio de melhor *icewine*, Enzo convidou a família Marques para um jantar no vinhedo. Combinou com Manoela que ela iria mais cedo para conversar com Ebele.

Em seu quarto, Manoela abriu uma fresta da janela e sentiu o discreto cheiro que anunciava a primavera no Vale do Okanagan. A neve tinha derretido e a grama dava sinais de nova vida. As árvores, ainda nuas, mostravam pequenos brotos de folhas. Manoela pegou o vestido novo que comprara dias antes e passou a mão pelo tecido acetinado. Cor de vinho de mangas longas e saia acima do joelho, ele desceu como uma luva pelo seu corpo. De meia-calça preta, ela vestiu a bota de cano longo, sentindo-se ousada e bonita. O cabelo suavemente enrolado emoldurava seu rosto com a maquiagem leve.

Lucas bateu à porta e entrou quando a mãe avisou que já estava vestida. De camisa branca e calça social preta, o rapaz mostrava sua masculinidade.

"Diogo vai passar aqui em uma hora," Manoela disse e abraçou o filho.

"Enzo disse que vocês vão conversar com Ebele."

Enzo disse. Manoela sorriu e pegou as mãos grandes de Lucas. "Não quero fazer nada errado."

"Diogo disse que Enzo é um homem de caráter. Eu já sabia disso, mas foi bom ouvir o tio. Somos felizes, mãe, e quero que Enzo seja também."

Manoela levou as pontas dos dedos aos olhos. "Vou ficar toda borrada se me fizer chorar."

"Chega de choro. Para mim e para você. Deus está dando uma nova oportunidade para nós, para Enzo."

Manoela ouviu o barulho de pneu de carro chegando. Seu coração acelerou. Na sala, Lucas pegou o casaco longo da mãe e a ajudou a vesti-lo. "Seja feliz." Ele beijou o rosto dela.

Lucas abriu a porta. Enzo, de terno cinza-chumbo, esperava na varanda. Manoela sentiu-se a filha adolescente de Lucas, que olhava para o pretendente com um buquê de tulipas coloridas na mão. O rapaz acenou para Enzo e fechou a porta discretamente. Manoela inspirou profundamente e soltou o ar. Pegou as flores e as cheirou.

Enzo ofereceu-lhe o braço. "Linda."

"Como um tiramisù?" Manoela sorriu.

"Não. Como a Manoela que me arrebatou no primeiro encontro."

Ela apertou o braço dele e se deixou levar para a SUV. Foram em silêncio pela estrada na direção do vinhedo. Manoela relaxou no banco de couro. Olhava de Enzo para o lado escuro ao seu lado. Tudo era mais claro, mesmo com poucas estrelas.

Na sala onde ela e Enzo se encontraram em uma das primeiras vezes, Ebele os aguardava. Manoela admirou a solidez do homem de cabeça raspada e sorriso contagiante. Ele era um gigante gentil. Tudo e mais o que Enzo dissera sobre ele.

"Manoela," a voz de trombone soou. "Que prazer conhecê-la." A mão dele engoliu a dela, morna, suave.

"Não faz ideia da minha alegria em finalmente conhecer o senhor." Manoela sentiu a mão de Enzo nas suas costas. Ela tirou o casaco e o entregou ao homem atrás de si. Virou-se para ele, que olhava para ela com o olhar brilhando.

Os três se sentaram. Manoela e Enzo em um sofá para dois, e Ebele na poltrona de couro. A hora passou voando, os três falando das respectivas famílias, de dias melhores.

Manoela desejou que aquele momento não acabasse. Queria beber as palavras de Ebele, ouvir a sabedoria em cada história.

"Então vejo que Enzo foi jogado para cima," Ebele disse.

"Tiramisù," Manoela falou.

Ebele riu. "As mensagens de Enzo para mim sobre você encheriam um livro."

Manoela olhou para Enzo, que deu de ombros. Ela apertou a mão dele em cima do sofá.

"Você me deu muito material para escrever," Enzo disse.

"Meus filhos." Ebele descansou as mãos nos braços da poltrona. "Vocês estão começando um novo relacionamento. O que ficou no passado, perdoado e redimido, não deve interferir nos próximos capítulos. Embora o que passou tenha formado parte do que somos, não somos nossos erros. Mas isso é uma decisão diária, uma disciplina. Vocês já sabem que relacionamento a dois não sobrevive de ilusões. O romance está na realidade, no dia a dia, nos jantares em família e a dois, nas contas a pagar, no trabalho, na certeza de que um enxugará a lágrima do outro e celebrará o sucesso do outro."

Manoela desejou sentar-se no chão aos pés de Ebele e ouvir, ouvir, ouvir. A graça e a sabedoria dissolviam a amargura com o poder do amor.

"O que vocês dois desejam do futuro?" Ebele perguntou.

Manoela e Enzo se olharam. Ele falou primeiro:

"Que apenas a morte me separe de Manoela, que a gente passe pelos vales e pelo topo das montanhas de mãos dadas." Enzo olhou para ela. "Que seja minha noiva, mulher, amiga, amante."

Manoela não se importou com a maquiagem que certamente estava borrada. Raios elétricos poderosos cruzavam seu corpo. Ela se sentiu elevar, flutuar. "Quero amar você incondicionalmente, honrá-lo, me alegrar e me entristecer com você."

Ebele levantou-se e se aproximou dos dois. Como um pai, pegou as mãos de Manoela e Enzo. Eles se levantaram.

"Deus os abençoe e vá abrindo o caminho que percorrerão. Não se esqueçam de que, sem ele, nada vocês podem construir de valor eterno." Ebele fechou os olhos e orou por eles. Com eles.

Os três se abraçaram. Manoela sentiu-se protegida, acolhida. Amada. Quando sua família chegou ao vinhedo, a mesa do restaurante estava posta. Um garçom e uma garçonete aguardavam como um batalhão aguardava o comando do sargento. Depois das apresentações, Enzo, Ebele e Lucas vestiram os aventais e sumiram na cozinha. A família Marques degustou todos os tipos de sabores produzidos na cozinha. Durante a sobremesa, a porta se abriu de forma brusca. Zia Gemma entrou. De vestido preto, ela parecia pronta para um velório. Olhou para Manoela e marchou em sua direção. Isadora e Dona Maria cochicharam alguma coisa.

Enzo apareceu à porta da cozinha e esperou. Manoela se levantou, a estatura bem acima da mulher ranzinza.

"Conseguiu," Gemma falou.

"O quê?" Manoela entrelaçou os dedos e olhou para Enzo, que aguardava.

"Entrar para a família Ricci." Gemma empinou o queixo.

Enzo fez menção de se aproximar, mas Manoela fez um gesto com a mão para ele esperar. "Não fiz nada."

"Os Ricci são muito unidos," Gemma disse.

Manoela quis rir. A mulher carrancuda fazia de tudo para arrumar briga. "Sei que são. Isso é bom."

"Então espero que cumpra com sua parte."

"Minha parte?" Manoela perguntou. Olhou de relance para os pais, que assistiam a tudo de olhos arregalados.

"Aprenda a cozinhar com seu bambino Lucas."

Manoela levou os dedos aos lábios. O riso contido esquentou seu rosto. "Claro, claro. Faço questão."

"Mas não mexa nas minhas massas."

"Prometo."

A senhora olhou para Manoela com desconfiança. "Veremos." Ela saiu batendo os pés como entrou.

Enzo foi até Manoela. "Se quiser mudar de ideia sobre nós dois depois dessa ameaça, vou entender." Ele riu e os Marques riram.

"Você mesmo disse que sou uma mulher forte." Ela levantou o braço e mostrou o músculo que mal aparecia sob a manga do vestido. "Estou preparada."

As risadas e conversas continuaram noite adentro. Ninguém se preocupava com as horas ou com a enormidade de calorias consumidas.

CAPÍTULO 32

À s vésperas do casamento, Manoela desabava na cama tarde da noite e pulava dela aos primeiros raios de sol. Ao conversar com Enzo e Lucas sobre onde morariam, a decisão ponderada foi de morarem na casa nova que Enzo construíra atrás da nova pousada do Vinhedo Ricci, inaugurada um mês antes. A moradia dos pais de Enzo ficava na parte mais baixa do terreno, e ficaria disponível ao casal mais velho quando visitassem a família de Kelowna. Chiara, a irmã de Enzo, tinha dado a Signor Gino e Donatella mais um neto. Assim, eles decidiram por Roma como sua residência principal.

Além da preparação da mudança de Manoela para o Vinhedo Ricci, ela tratava os detalhes da sociedade na estufa com Rosalie. Por sugestão do Sr. Marques e Diogo, eles sugeriram o arrendamento do pomar à sócia e amiga. Depois de considerar a sugestão, Rosalie e Josias aceitaram a proposta. Manoela estava consciente de que sua nova fase da vida não permitiria que ela vivesse para o pomar. Ela queria estar o mais próximo possível do futuro marido e ajudá-lo no vinhedo. Lucas logo bateria as asas, e Manoela precisava se aproximar do filho para vê-lo voar do ninho.

O anúncio da grande audiência do programa de reforma de Diogo e Isadora veio ao mesmo tempo que o anúncio da gravidez. Isadora brilhava com a perspectiva da maternidade, enquanto Diogo a tratava como se fosse uma cristaleira, para a diversão dos Marques e Ricci. Ao abraçar Isadora, Manoela se questionou se desejaria um filho com Enzo Ricci. A resposta no coração viera de imediato: sim. Quantos Deus desse, considerando sua idade. Ela tinha ventilado a ideia com Enzo, que sorriu como se tivesse ganhado o prêmio do melhor *chef* do universo.

Tantos percalços. Tantos vales sombrios. O caminho de Manoela tinha sido tortuoso, mas Deus tinha um propósito maior. O mal feito a ela e Lucas, as injustiças e dificuldades, ficavam no passado. A mágoa de Mark fora se dissolvendo conforme o amor da família e de Enzo entrava em cada recanto do seu coração.

Quanto a Enzo, o prêmio do melhor *icewine* do Okanagan lhe deu projeção internacional. Ebele exultou como um pai orgulhoso ao participar da festa de premiação. Signor Ricci e Donatella voltaram da Itália assim que souberam de tantas reviravoltas na vida do filho. Abraçaram Manoela como filha.

"*Cara mia*, só você mesma para conquistar de vez o coração de Enzo." Signor Ricci quase esmagou Manoela em seus braços. "E ainda ganho um neto já criado." Ele beijou Lucas na testa com um estalo e riu tão alto que Zia Gemma revirou os olhos.

Fechando mais uma caixa com objetos pessoais, Manoela sentou-se na beira da cama do seu quarto. Passou a mão pelo colchão, que recebera suas lágrimas nos anos de amargura e solidão. Rosalie e Josias seriam os novos moradores, e fariam novas histórias entre as paredes que Manoela e Lucas viveram suas tristezas e alegrias.

"Mãe?" Lucas gritou ao entrar em casa.

"No quarto." Manoela empurrou a caixa de papelão para junto de outras.

Lucas surgiu, o sorriso iluminando seu rosto. "Vô Ricci me convidou para passar um mês com ele e vó Donatella na Itália. Ele disse que posso ajudar no restaurante de um amigo." Ele pulou de joelhos na cama e quase derrubou Manoela. "Achei mesmo que ele iria querer que eu desse uma sumida para deixar vocês dois sozinhos." Ele se jogou de costas na cama e riu.

O rosto de Manoela esquentou. Ela deu um tapinha na perna do filho. "Isso é jeito de se falar?" Lucas estava decidido a seguir o caminho de Enzo, e importunara a mãe e o futuro padrasto para fazer uma viagem à Itália. "Fico feliz." Ela o puxou pela mão e segurou o rosto do filho. "Não invente de ficar longe de mim por muito tempo. Quero aproveitar meu bebê por alguns anos ainda."

"E eu lá sou bebê?" Ele passou a mão na penugem do queixo e fez uma careta.

O amor pulsou no peito de Manoela. "Para mim, sempre será meu filhote."

Lucas revirou os olhos e levantou-se da cama. "Vou acabar de arrumar minhas coisas. Enzo falou que vamos levar tudo para a casa nova amanhã."

Depois de passarem umas horas no pomar, preparando a terra para o plantio de primavera, Manoela e

Rosalie foram ao advogado assinar os documentos do arrendamento da terra. Com tudo acertado, elas caminharam pela calçada da orla do Lago Okanagan.

"Meu maior medo era você sair da minha vida," Manoela falou. Rosalie era parte da sua história como o lago ao seu lado, como as árvores de folhas novas, como o pomar.

Com o cabelo mais longo e bem cortado, Rosalie manteve o passo preguiçoso e olhou para Manoela. "Nem que eu quisesse. Você é uma irmã para mim, quem acreditou em mim quando eu mesma achava que tinha chegado ao fundo do poço."

Manoela parou na calçadinha. Olhou ao redor, a primavera anunciando a chegada em todo lugar. Era um renascimento para as duas mulheres ali. "Irmãs sempre."

Elas se abraçaram e continuaram a curta caminhada até voltarem ao pomar.

No fim da tarde, Manoela visitou os pais e correu para casa para se arrumar. Tinha um compromisso importante com Enzo. Sua reputação estava em jogo e dependia do resultado do que fariam juntos.

Ela tomou banho e vestiu *jeans* e camiseta. Traje apropriado para o evento. Ela riu. Enzo tentou tirar a ideia da cabeça da noiva, dizendo que iria só alimentar o ego de Zia Gemma. Manoela respondera que surpreenderia a mulher mal-humorada.

Assim, no início da noite, Manoela pegou o jipe e foi para o vinhedo. Enzo a recebeu no estacionamento com uma caixa de presente. Ele a beijou no rosto e fechou a porta do jipe quando Manoela desceu.

"Certeza de que quer fazer isso? Você tem muita coisa para resolver até o casamento."

Manoela admirou a sede do vinhedo, que em dois dias seria sua também. As luzes acesas mostravam os clientes circulando no salão de degustação. O céu azul-marinho descia até o vale. Manoela voltou o olhar para o homem de camisa preta. "Tenho certeza e confio em você para me ajudar." Ela abriu o presente. Tirou de dentro da caixa um avental preto, como o que Enzo usava. Ela o enlaçou pelo pescoço e o puxou para si. "Me sinto honrada com o presente."

Eles saíram de braços dados em direção à sede. Passaram pelos clientes. Enzo cumprimentou alguns deles pelo nome e apresentou sua noiva. Depois, o casal foi para a cozinha. Manoela colocou o avental e lavou as mãos.

"Estou pronta para a lição," ela disse.

Enzo puxou seu avental de um suporte e o vestiu. "Vamos."

Ele tirou um saco de farinha do armário e ovos da geladeira. Ao lado da bancada, ele deu umas instruções à Manoela. "Faça um montinho com a farinha antes de quebrar os ovos no meio."

Ela fez como instruído. Pegou um garfo e bateu os ovos delicadamente. Enzo olhava como professor atento.

"Vá amassando a massa devagar."

Manoela apertou a massa na bancada coberta de farinha. "Zia Gemma deve ser muito forte. Eu carrego caixas de frutas, mas minhas mãos já estão doendo com isso aqui."

Enzo colocou-se ao lado dela. "Dizem que dois cozinheiros estragam a massa, mas já que vamos ser um em poucos dias, deixe que ajudo."

Manoela sentiu o músculo do braço dele tocando no seu. Que sentimento maravilho era ter esse homem ao seu lado. Ela cobriu a mão dele com a sua, os dois amassando a massa.

"Está me distraindo, moça," ele sussurrou no ouvido dela.

"Será que Zia Gemma vai me derrotar? Não vou passar da primeira aula, professor." Ela deu uma risadinha.

Enzo empurrou a massa para o lado. "Ela que descanse por uns minutos. Vou cuidar da minha noiva." Ele arrebatou Manoela em um beijo demorado.

Manoela correu os dedos com farinha pelo cabelo dele. Suas pernas bambearam, seus sentidos falharam. A liga dos dois mostrava-se poderosa, como água e farinha. O suflê estava longe de desandar.

O casal esqueceu-se de Zia Gemma e sua sentença de que Manoela deveria aprender a cozinhar. Bem, a futura esposa teria muitos anos ao lado do *chef* para aprender a arte culinária. Naquele momento, ela queria experimentar o sabor de Enzo.

A massa foi esquecida em cima do balcão. Enzo puxou Manoela para fora da sede, em direção aos corredores de vinhas. A lua jogava luz prateada ao redor, tornando o vinhedo em um lugar encantado. Acima da colina, a casa nova do futuro casal Ricci.

Enzo abraçou Manoela e girou. "Como é bom ser reenxertado na vinha do Pai. Isso é liberdade, Manoela. Liberdade e alegria. E o melhor de tudo? Você está comigo." Ele a colocou de volta no chão.

Manoela deixou o rosto no ombro dele. Sorriu com lágrimas. Liberdade. Amor. O verdadeiro amor libertava, curava. Descia do alto e saciava os sedentos, inundava seu mundo caído, imperfeito.

E na cerimônia de casamento no vinhedo, Manoela e Enzo prometeram seu amor diante de Deus, da família e dos amigos mais chegados que irmãos. Ebele fez as alianças, lembrando ao casal que o círculo de ouro não tinha fim, assim como o amor. Lucas, que tinha entrado na igreja trazendo a noiva, chorava discretamente entre vô Marques e Diogo, os dois homens da sua vida. Agora, um terceiro homem de fibra acompanharia os passos de masculinidade do Lucas.

Manoela chorou durante a cerimônia toda, arrancando lágrimas de Dona Maria, Isadora e Rosalie. O amor que sentia era tão grande que não cabia no peito. Ela queria gritar, correr entre os vinhedos em gratidão.

Quando a festa acabou, os convidados acompanharam o Sr. Enzo e a Sra. Manoela Ricci para a limosine com velas *sparkle* iluminando o caminho até o estacionamento do vinhedo. O motorista abriu a porta para o casal entrar. Manoela e Enzo acenaram para os convidados e se aconchegaram na privacidade do automóvel.

"Pronta?" Enzo segurou no rosto de Manoela.

Ela arrancou o véu curto. "Com você ao meu lado, pronta para tudo."

A limosine desceu a estradinha do vinhedo. Quantas vezes Manoela tinha feito aquele caminho em quase um ano? Nunca imaginaria que o desceria na companhia do seu marido. Enzo.

Ele a puxou para o colo. "Manoela, te amo como nunca imaginei ser possível amar uma mulher."

"E eu descobri o amor mais intenso e verdadeiro da minha vida. Enzo, eu te amo."

Eles selaram suas juras de amor com um beijo que não deixava dúvida de que tinham a liga perfeita.

FIM

OBRIGADA!

Conforme minha carreira literária avança, mais tenho que agradecer. Muitas pessoas fazem parte desse processo, mas hoje quero salientar o grupo de Leitoras Compulsivas da Lu no Whatsapp. Somos mais que escritora e leitoras. Tornamo-nos uma comunidade de apoio e encorajamento. Ali desabafamos, oramos, falamos bobeiras e tudo o mais que uma comunidade oferece. Vocês não fazem ideia de como são especiais para mim, como pessoa e como escritora. (Elas não gostam de FIM, mas uma hora a história acaba para outra nova começar.)